Kolofon
©Mathias Jansson (2023)
"Di ångermanländska XIII – den oläsbara och andra skrönor"

ISBN: 978-91-86915-60-5

Utgiven av:

 "jag behöver inget förlag"
c/o Mathias Jansson
Tvärvägen 23
232 52 Åkarp
http://mathiasjansson72.blogspot.se/

Tryckt: Lulu.com

Innehåll

Snålfaan

-Snålfaan!

Hilbert tittade förvånat bort mot Nikko Hirvenpää som satt i soffan och bläddrade i en gammal gulnad tidning.

-Ursäkta, vad var det du sa? undrade Hilbert häpet.

-Förlåt mig. Jag menar så klart inte dig, utan när jag läste Spara och Slösa i Lyckoslanten så kom jag att tänka på Arvid Frostlund från Nyland. Det var en snåljävel ska du veta. Han skulle alltid pruta och helst ha sakerna gratis. Han var känd för att luras och mygla för att få det han ville ha. Man kallade honom därför för Snålfaan bakom ryggen hans. En gång när han var inne på Nylands järn så ville han köpa olja för att olja cykelkedjan med, men han ville absolut ha det i sin egen dunk. Handlaren visste hur svår han kunde va så han orkade inte argumentera med honom utan hällde olja i plastdunken, men när Arvid skulle betala så tyckte han det blev för dyrt och ville inte längre ha oljan så handlaren fick hälla tillbaka oljan i igen. Men när handlaren såg hur ögonen gnistrade till och hur Arvid log i mjugg när han mottog dunken, då förstod han hur det låg till. Kvar i dunken fanns det tillräckligt med olja för att olja cykeln med och Arvid hade inte behövt betala en krona för den.

-Din snåle faan! utbrast handlaren förargad. Du borde ta me fan skriva en bok med alla dina snåltricks så skulle du kunna tjäna en förmögenhet på den.

När Arvid cyklade hem på sin nyoljade cykel funderade han på vad handlaren hade sagt och tänkte att det kanske inte var en så dum idé ändå. Han hade många ekonomiska tips som han kunde dela med sig av. Folk skulle nog betala en bra slant för att läsa hans tips i dessa dyrtider tänkte han. Så när han kom hem började han genast skriva ner alla sina knep och tricks på pappret som han tiggt till sig från församlingshemmet med förevändning att han skulle skriva brev till olika företag för att samla in pengar till de fattiga barnen i tredje världen.

Sparknep och snåltips hade Arvid så det räckte till. När han efter några veckor sammanfattade sina ansträngningar hade han en bok på över 200 sidor. Nu gällde det bara att trycka upp boken och börja sälja den, men när Arvid fick veta hur mycket det skulle kosta att trycka hela kalaset så blev han blekvit i ansiktet. Så dyrt tänkte han. Det hjälpte inte hur han förhandlade och bytte till det billigaste pappret och den enklaste bindningen, det blev ändå för dyrt tyckte han. Besviken gick han hem och satte sig vid köksbordet och bläddrade igenom sitt manuskript. Efter ett tag märkte han att det var ju en väldans massa småord som egentligen var onödiga i texten som "som", "att", "och", "men" och varför ett sådant slöseri med dubbletter av bokstäver? Nog förstod väl läsaren att en skottkärra fortfarande var en skottkärra även om man skrev skotkära? Där kunde man spara två bokstäver tänkte Arvid. Han satte genast igång att rensa ut onödiga ord och bokstäver ur texten, men när han var klar och vägde manuskriptet i handen tyckte han det fortfarande var för tjockt och för dyrt att trycka.

Då kom han att tänka på att han hade läst att i hebreiskan använde man inga vokaler utan bara konsonanter i skriften. Det lät som ett förnuftigt sätt att minska tryckkostnaden på, men nu kunde Arvid inte hebreiska, men det borde väl fungera lika bra i det svenska språket? Sagt och gjort snart var alla vokalerna raderade ur manuskriptet. Efter att ha tagit bort vokaler, dubblettbokstäver, onödiga ord, skiljetecken och en hel del andra onödiga tecken och ord, så var äntligen manuskriptet tillräckligt kort för att kunna tryckas för en acceptabel kostnad tyckte Arvid. Naturligtvis med billigaste pappret, enklaste bindningen och i ett litet format. Det visade sig nämligen att det vara billigare att trycka boken i litet format då mindre papper gick åt till varje bok. Så var äntligen boken klar. Arvid höll stolt boken, som var stor som en handflata, i handen. På framsidan stod det sprtps af. Alltså "Spartips av Arvid Frostlund". Arvid hade tänkt att små bokstäver borde rimligtvis använda mindre trycksvärta och ta mindre plats än stora, och därmed bli billigare att trycka, så därför var hela boken satt med gemener.

Arvid hade satsat stort och beställt hela 10 000 böcker. Varje bok kostade 1 kronor att trycka och han tänkte sälja dem för 6 kr styck. En riktig bra förtjänst alltså, men det Arvid hade glömt i sin spariver var att en bok ska man ju kunna läsa. Texten var för liten och språket obegripligt, ja rena gallimatias då han hade rensat bort så mycket av bokstäver och ord att den blev oläslig. Jag tror inte han sålde en enda bok, men det var liksom rätt åt honom kan jag tycka så mycket han hade lurats och fuskat till sig gratis saker av andra. Det första sparrådet som läsaren mötte i boken löd kort och gott: Sprd png tnd png. Alltså – Sparade pengar är tjänade pengar. Ett råd som Arvid själv kanske själv borde ha följt i det här fallet.

Skrivet i skinnet

-Puh! Nikko Hirvenpää lutade sig mot en granstam och torkade svetten ur pannan med näsduken. Ja, man är ingen ungdom längre. Det tog på krafterna, men nu är vi snart där. Där borta, mellan träna ser du Liktjärnen, eller som det står på kartan Myrtjärn.

Hilbert Broman såg hur det glittrade till mellan träden. De hade åkt 40 minuter med bil från den Bromanska gården och sedan promenerat i drygt 45 minuter genom kuperad och bitvis svår terräng innan de hade nått fram till slutmålet. Även om Hilbert var van att vandra så kändes det i benen efter skogspromenaden. Men nu var de alltså framme vid Liktjärnen, Finnmarkens bästa öringvatten om man skulle tro Nikko.

När de kom fram till tjärnen, så tog de av sig ryggsäckarna och började plocka fram fiskespöna. Nikko plockade fram en liten plåtask som han öppnade och erbjöd Hilbert.

-Ska du ha en likmask? Det är det bästa betet du kan hitta.

Hilbert såg på de feta, vita larverna som krälade omkring i asken och kände hur det vände sig i magen när han tänkte på var de befunnit sig innan.

-Nej tack. Jag nöjer mig nog med vanlig metmask.

-Ja, skyll dig själv om du inte får något. Fisken här är ganska kräsen av sig. Nikko tog en fet larv mellan fingrarna och förde kroken genom den. Hilbert kunde nästa höra hur det ploppade till när skinnet sprack på den feta larven.

De maskade på och kastade ut. Flötena låg stilla på den lugna vattenytan.

-Det är fortfarande för tidigt sa Nikko. Det dröjer ett tag innan fisken vaknar, om den nu vaknar. Man vet aldrig med Liktjärn. Fisken här är ganska oberäknelig, vissa dagar hugger det hela tiden och vissa dagar är det helt dött. Men vi tar oss väl en kaffe och en macka medan vi väntar? Jag känner mig iallafall ganska hungrig efter promenaden.

De fällde ut ryggsäckstolarna och satte sig gränsle över dem och plockade fram termos och limpmackor med prickig korv och började äta. De satt tysta och stirrade ut över den svarta tjärnens spegelyta där de två vita flötena låg stilla på ytan.

-Jag kan väl berätta en historia medan vi väntar för att fördriva tiden avbröt Nikko. Den utspelar sig här kring Liktjärnen och handlar om en man som hette Sven Oskarsson som också var här för att fiska. Sven var en skum figur. Det gick rykten om något inte stod rätt till. Hans fru hade försvunnit under mystiska omständigheter. Polisen hade undersökt saken, men Sven hade hävdat att hon rest till släktingar i Halland som bodde ute på landet och som saknade telefon så det gick inte att få tag i henne. Polisen kunde inte göra något mer utan bevis, men det tisslades och tasslades om vad som kunde ha hänt med hans fru. Iallafall hade Sven begett sig upp till Liktjärn för att fiska. Det är ju en bit att gå som du vet och det var en varm dag, så efter att han hade maskat på och slängt ut flötet precis som vi, så kände han sig trött och la sig ner för vila ett slag på mossan och somnade. Han vaknade plötsligt med ett ryck, något hade bitit honom i ryggen, han hade känt ett intensivt stick och rest sig snabbt upp för att se efter vad det va, men det enda han såg var några myror som kröp omkring bland mossan så han tänkte att det var en av dem som bitit honom. Men han hann inte tänka så mycket mer på saken för nu såg han att fiskespöet var på väg ner i tjärnen. Flötet drog

8

iväg som en racerbåt över den blanka vattenytan och i sista stund lyckades han få fatt i kastspöet innan det försvann ner i djupet. Han gjorde ett kraftigt motryck och kände fisken som stretade mot. Det var en rejäl sak som han hade fått på kroken. Han fick kämpa en lång stund för att få in den, men det var det värt. Det var en riktig bamsing till öring som han hade fått på kroken. Nöjd med dagens fångst begav han sig sedan hemåt.

När han på kvällen kröp ner i sängen kunde han inte komma till ro. Det hade börjat klia så förbannat på ryggen. Det var väl bettet tänkte han. Han försökte se efter i badrumsspegeln vad det kunde vara, men det var svårt att se ryggen i spegeln. Klådan blev bara värre under natten och han kände hur det kröp i hela kroppen. Som tur var hittade han i badrumsskåpet några sömntabletter som hans fru brukade ta, så han tog några av dem för att få sova några timmar innan jobbet.

Men när han vaknade på morgonen kliade det ännu mer. Det kändes som om hela ryggen brann och han kunde knappt stå ut med smärtan och klådan. Den höll på att driva honom till vansinne. Så han fann inget annat råd än att gå till doktor Molander med sitt besvär. Molander sa åt han att ta av sig skjortan och lägga sig på bristen. När Molander tittade på ryggen var den alldeles röd och full med inflammerade streck. Medan han tittade och kände på ryggen såg Molander plötsligt hur något rörde sig under skinnet. Han tog då fram en vass skalpell och en pincett. Med skalpellen gjorde han ett litet snitt i skinnet och med pincetten plockade han ut ett lite djur ur ryggen. Det visade sig vara en granbarkborre. Det var den som hade bitit Sven upp vid Liktjärna. Barkborren trodde kanske att Svens rygg var en gammal granstam som låg i mossan och sen hade barkborren krupit omkring och gjort gångar under skinnet. Inte undra på att Sven höll på att bli galen. Molander

9

skrev iallafall ut en salva som skulle lindra klådan och inflammationen och sen fick Sven gå hem och vila upp sig.

En morgon, några dagar senare, när Sven stod i badrummet och rakade sig knackade det på dörren. Han öppnade irriterat dörren, fortfarande med lödder på halsen och barbröstad. Utanför stod Evert Näslund som arbetade vid polisen i Kramfors.

-Vad är det nu då? fräste Sven argt. Jag har inte hört något mer från min fru. Hon är hos släktingar i Halland har jag ju sagt! De har ingen telefon!

Näslund insåg ju att han inte skulle få något annat svar av Sven och han hade ju inga nya bevis i fallet så han tänkte just tacka för sig och åka tillbaka till polisstationen då han i hallspegeln såg det. Och när han väl förstod vad han hade sett så grep han genast Sven för mordet på hans frun. Samma dag grävde de fram kroppen som låg begravd i den gamla jordkällaren på gården.

Nu undrar du så klart vad var det som Näslund såg i spegeln? Jo, han såg ryggen på Sven och där hade granbarkborrens härjningar skapat ärr på huden och när svullnaden hade lagt sig framträdde en spegelvänd text och det var den som Näslund såg i spegeln. Där stod det skrivet svart på vitt eller rättar sagt i skinnet, hans bekännelse: "Jag Sven Oskarsson har slagit ihjäl min fru och begravt henne i jordkällaren på gården". Ja säg mig inte hur det hade gått till, hur barkborren kunde veta det och sedan skriva det på ryggens hans, men jag skulle nog akta mig för att somna i skogarna kring Liktjärna om jag bar på några hemska hemligheter som jag inte vill få avslöjade.

-Nej, nu nappar det visst. Nikko reste sig hastigt upp från stolen och gick fram till kastspöet. Flötet hade åkt under ett par gånger redan, så han ryckte till spöet och började veva in. Fisken gjorde kraftigt motstånd, men Nikkos hand var stadig och han landade efter en stund fisken vant på strandkanten. Det var en fin öring på dryga 2-kilo som låg och sprattlade i den sena kvällssolen. När Nikko hade krokat loss kroken och slagit ihjäl fisken med knivskaftet började han srätta upp buken för att rensa fisken. Han drog ut inälvorna och skulle just kasta ut dem i tjärnen då han tvekade. Med fingrarna kände han längs tarmarna och med kniven gjorde han ett hål och pilade snart ut en guldring som han höll upp i solskenet.

-Ta med tusan är det inte en del av guldskatten som jag fått på kroken. Du minns väl att jag berättade om Armfeldts karoliner som var på väg ner från de jämtländska fjällen mot kusten och gick vilse i skogarna runt Finnmarken. De råkade komma ut här på Liktjärnen, men isen höll inte för tyngden från soldater och hästar utan brast och alla drunknade. Det sägs att de hade med sig en stor kista med guld som de rövat från en trollkung i de jämtländska fjällen. Det här är troligen en av guldringarna från bytet. Den får vi lägga till samlingen.

-Samlingen, menar du att du har fler ringar hemma? frågade Hilbert häpet.

-Ja, det har blivit några under åren. Du ser har man tur så kan man hitta en guldring i fisken man får här uppe i Liktjärnen. Fisken hittar väl ringarna på botten och tror att det är något gott som de kan äta.

Eftersom det hade börjat bli sent bestämde de sig för att börja plocka ihop sakerna och bege sig hemåt. När de började gå mot skogen höll Nikko stolt upp grenklykan med dagens fångst och sa retsamt till Hilbert.

-Du skulle ha agnat med likmasken som jag sa. Då hade du kanske också fått en guldring på kroken.

Klokbröd och avgrundsål

Klokbröd. Rubriken fick Hilbert att plocka ut papperet ur arkivskåpet med Hubertus Bromans folklivsarkiv. Han började läsa:

Klokbröd var namnet på ett enkelt bröd som bakades, ofta med råg eller korn, där man ristade runor, signelser, besvärjelser eller ett namn i degen innan det gräddades. Sedan kunde brödet ätas i syfte att boka olika krämpor och sjukdomar. Det kunde också användas tillsammans med en kärleksbesvärjelse för att vinna kärlek. Om man ristade sitt namn på brödet så blev den personen som åt av brödet kär i dig. På samma sätt kunde brödet användas för att kasta förbannelser på personer som man ogillade. Man kunde bjuda en granne som man inte gillade på ett klokbröd och skriva hans namn på brödet. När han åt av det drabbades han av olycka och sjukdom. För säkerhets skull kunde därför den som tog emot ett bröd säga: *Du ge mig bara bröd, inte död och sorg, svär vid Kristi borg.* Då blev den som gav bröden tvungen att sanningsenligt säga som det var.

Kloka Karin har berättat att seden med klokbröd funnits långt tillbaka i tiden och att hon själv brukar baka klokbröd. Hon kommer särskilt ihåg en yngling som vara vansinnigt kär i en flicka, men flickan verkade helt ointresserad av pojken. Kloka Karin bakade då ett klokbröd åt ynglingen. När ynglingen gick för att besöka flickan hade han brödet med sig i kavajfickan. Det var en varm dag och han var nervös så svetten rann, så han hängde av sig kavajen på stolen i väntan på rätt tillfälle att ge flickan brödet, men det gick inte bättre än att flickans hund nosade rätt på brödet i kavajfickan och åt upp de. Trognare hund har man väl aldrig sett, kelsjuk ville den aldrig lämna ynglingens sida. Och när flickan såg hur mycket hennes hund älskade pojken, ja, då föll hon till slut till föga och de gifte sig sedan och levde lyckliga i alla sina dar.

Men egentligen var det ett annat papper Hilbert letade efter i det bromanska folklivsarkivet. Det var efter han hade varit uppe och fiskat i Liktjärnen med Nikko Hirvenpää som han kom att tänka på en annan fiskehistoria som han hade läst om i arkivet. Den om Mäsk-Olle och avgrundsålen. I skogarna uppe vid Lomtjärna fanns det nämligen en stor klippa där det porlade fram en källa ur berget. Vattnet rann sedan vidare som en liten bäck genom skogen. Källan var djup, ingen visste hur lång ner i berget den sträckte sig, men det berättas att någon på 1700-talet hade stoppat ner en ål i källan och den var fortfarande vid liv och hade växt sig till monstruösa former. Många hade försökt att fånga ålen men ingen hade lyckats locka fram den ur sin håla. Det sas att den bara kunde fångas med Ägirs ljuster, en treudd smidd av Ivaldesönerna.

En dag när Mäsk-Olle besökte Gösta Nordins lada uppe i Styrnäs och rotat igenom skräpet efter några delar till en hembränningsapparat, hittade han hittat ett gammalt ljuster. Det såg ovanligt ut så han frågade Gösta om han visste något mer om det. Gösta vände och vred på ljustret och svarade: -Jo ser du, det här självaste havsgudens Ägirs ljuster. Det hittades av en bonde på en åker borta vid Ullånger och sägs ha magiska krafter. Med den kan du säkert fånga avgrundsålen.

Mäsk-Olle visste ju att Gösta gärna skruvade rejält på sanningen för att få sitt skräp sålt, men av någon anledning kände han att denna gång låg det något i det han sa. Ljustret var ett utmärkt smide och det fanns tecken som påminde om runor i järnet och det kändes mycket gammalt. Efter att ha prutat rejält köpte han ljustret av Gösta och begav sig hemöver.

14

Nu började Mäsk-Olle göra upp planer på hur han skulle fånga avgrundsålen. Han högg först till en fin granstör som blev skaftet till ljustret. Sedan väntade han på att det skulle bli fullmåne, för han tänkte att avgrundsålen är ett sånt djur som dras till månens kraft. Så en fullmånekväll i augusti stövlade han iväg ut i skogen i riktning mot Lomtjärna. Han letade sig i månens sken fram till källan som mörk och stilla porlade fram ur den djupa underjorden. Ur ryggsäcken plockade Mäsk-Olle fram en surströmmingsburk som han öppnade och satte ner bredvid källan. Ett bättre bete kunde han knappast tänka sig. Inte kunde väl avgrundsålen ignorera doften av den goda surströmmingen? Sedan var det bara att vänta. Mäsk-Olle stod lutad mot klippan med ljustret berett.

Vid midnatt såg han hur några luftbubblor sprack på den mörka vattenytan och snart skymtade han en skugga i djupet som snabbt steg uppåt. Mäsk-Olle greppade hårt i skaftet till ljustret och höjde det över huvudet medan han stålsatte sig inför det fruktansvärda syn som skulle uppenbara sig ur djupet. Han hade inte kunnat förbereda sig på den skrämmande varelse som han fick se. Ett fruktansvärt monster dök upp över vattenytan. Ålen var nästan helt vit, bred och lång som en 100 årig gran och med ögon stora som kaffepannor. Den kastade sig över surströmmingsburken och slukade den i ett nafs. Mäsk-Olle stod som paralyserad och skräckslagen tryckt mot den kalla klippan och såg hur avgrundsålen nöjd och mätt började glida tillbaka ner i sin djuphåla. Precis innan huvudet försvann under vattenytan vaknade Mäsk-Olle till ur sitt skräckslagna tillstånd och högg blixtsnabbt ljustret i nacken på ålen. Ålen vred sig vansinnig av smärta och piskade vattnet så skummet yrde. Så kastade den sig upp ur djuphålan och slingrade snabbt iväg längs med bäcken ut i den mörka skogen med ljustret fortfarande i nacken.

Mäsk-Olle tog genast upp jakten, men ålen var snabb. Efter några hundra meter hittade han skaftet till ljustret avbrutet. Han lyckade under natten spåra ålens framfart genom skogen, men vid Icktjärn tappade han helt bort spåret. Han fick morgonen efter höra rykten om att någon hade sett en gigantisk sjöorm som hade forsat fram nedför Kramforsån tidigt på morgonen, så han misstänkte att avgrundsålen hade letat sig ut och försvunnit ner i Ångermanälvens djup. Mäsk-Olle trodde att ålen var borta för alltid.

Men några år senare inträffade en mycket tragisk incident. Lasse Jonsson hade åkt ut med sina söner på kvällen för att fiska. De var en ljum augustikväll med fullmåne. De hade lagt sig ute vid Grusholmen vid en känt djuphål och agnat kroken med ett stort gäddhuvud. Vi midnatt hög det till rejält och far och sönerna fick kämpa för att dra upp den stora fisken. Efter en stund såg de hur fångsten steg mot ytan. Det var den fruktansvärda avgrundsålen de hade fått på kroken. Det vita skinnet glänste i månskenet och i nacken satt fortfarande ljustret kvar. Ålen slingrade sig runt båten och krossade den som kaffeved och slingrade sig sedan som en boaorm runt far och söner och tog med dem ner i djupet. Det vara bara ren tur att Isak, en av sönerna i sista stund lyckades frigöra sig ur ålens dödsgrepp och ta sig i land och kunde återberätta historien.

Att tvätta sin bok

Ur arkivskåpet med Hubertus Bromans folklivsarkiv tog Hilbert fram en mapp som innehöll kopior av några polisförhör som han länge hade tänkt att titta igenom. Hilbert satte sig i soffan i salongen och började läsa den översta rapporten i mappen.

Poliskommissarie Evert Näslund i förhör med Olle Nyström även kallad Mäsk-Olle den 2 juli 1973.

EN: – Kan du berätta hur du känner Gottfrid Holmlund?

ON: – Jo, en Gottfrid han bor ju en bra bit in i skogen. Vi har ju varit bekanta sen barnsben och gått i folkskolan tillsammans. Den där Gottfrid är en riktig oppfinnar-Jocke som Näslund säkert vet. Ute på gården har han en vedbod, men den är inte fylld med ved som hos vanligt folk, utan med en massa gamla böcker som ligger slängda huller om buller. Ibland brukar han plocka fram några böcker. Sen ställer han dem på huggkubben och klyver dem omsorgsfullt med yxan mitt itu. Sedan samlar han ihop delarna så att det blev en famn full ungefär och bär bort dem till uthuset. Därinne har han en gammal tvättmaskin av märket Electrolux som han har byggt om. Böckerna stoppar han in i tvättmaskinen och i facket för tvättmedel lägger han ner en skopa vitt pulver som han förvarar i en gammal kaffeburk av märket Cirkelkaffe. På burken har han tejpad en lapp där han har textat "Censurmedel". Vad det egentligen är i burken vet ingen, det är en välbevarad hemlighet.

På framsidan av tvättmaskinen finns ett reglage för de olika programmen, men Gottfrid har tejpat över dem och istället skrivit egna program som: Mild censur, Snuskfri, Hård censur och Renlärig. Efter att ha ställt in programmet är det bara att starta maskinen och efter en timme eller så har den tvättat texten ren från opassande ord och meningar. Ja även den mest

17

snuskiga och omoraliska text kan efter en grundlig tvättning bli läsbar även för den mest tillknäppta frikyrkliga änka. Hon skulle efter en rejäl rentvättning kunna läsa Fanny Hill utan att en rodnad sprider sig över hennes kinder. Det är en fantastisk maskin som han säkert kan få en hel del pengar för om han säljer den. Det finns nog många i det här landet som vill tvätta kulturen ren från diverse omoral och snusk. Men det är klart den behöver några finjusteringar innan den kan komma i produktion. Bokstäverna har en tendens att krympa i tvätten så det blir väldigt svårt att läsa texten, man behöver nästan ett mikroskop.

EN: – Ja, men det jag skulle vilja veta är vad som hände söndagen den 1 juli. Du var där och hälsade på Gottfrid eller hur?

ON: – Jo, det stämmer väl. Han hade bjudit in mig på söndagskaffe. Så när jag kliver in där i huset, så ser jag en tvättlina som hänger över sängen hans med en massa papper och blir tvungen att fråga om det är reverserna han har hängt på tork? Men då berättar Gottfrid att han håller på att skriva sina memoarer. Ja, du vet ju att han förutom uppfinnare är författare också. Ute på gården har han ett badkar som han kopplat till en stor vattentank och en vedpanna. Så man kan elda i pannan så vattnet värms upp och sedan cirkulerar varmvattnet runt genom olika rör i badkaret så att det alltid håller 38 grader så han kan bada året om. Ja, han brukar bada ganska mycket den där Gottfrid. Orenlig är han inte. Ja, där brukar han sitta och filosofera och skriva sina böcker. Du minns säkert den där som handlade om hans äventyr på de sju haven. En väldigt spännande bok om hur han i ungdomen reste på olika skepp på de sju haven och gick uppleva mångahanda märkliga äventyr och kulturer eller hur?

EN: – Den har jag hört talas om, men kom till saken någon gång.

ON: – Jo, ser du, det är bara lögn alltihopa. Han har aldrig varit ute på havet, han har knappt rest utanför kommunen, utan allt har han hittat på när han suttit och fantiserat i badkaret. Och när han hade fantiserat klart så råkade han visa det han skrivit för Helge Broman som tyckte det var så bra att han föreslog att han skulle få den utgiven. Så Gottfrid skickade in boken till ett förlag i Stockholm som var känt för att ge ut reseböcker och böcker om olika människoöden. Och så fick han ett brev från redaktören på bokförlaget Munkhasser och son som ville ge ut den. Och så var han författare också.

EN: – Nu kommer du från ämnet. Vad hände när du besökte Gottfrid?

ON: – Jo, det var så sant så. Det var memoarerna jag skulle berätta om. Jo, Gottfrid höll som sagt på att skriva sina memoarer. Men det var ingen ordinarie bok, utan han hade samlat texter, recept, kvitton, kartor, noter, bilder, tidningsurklipp, anteckningar, recept, brev och allt möjligt som berättade om hans liv och sedan trätt upp dem kronologiskt på en tvättlina i sovrummet. Han sa att boken skulle sluta med kvittona från begravningsbyrån och programmet från begravningen. När det var tillfogat så var det bara att knyta ihop tvättlinan så skulle hans biografi var bunden och klar. Det skulle bli ett unikt dokument över en människa liv. Det var iallafall så han beskrev det för mig.

EN: – Nu menar jag den speciella maskin som Gottfrid sägs ha haft på sin gård.

ON: – Jasså den. Det var en märklig maskin. Ja frågade många gånger om jag fick se hur den fungerade, men han sa alltid att han inte ville slita på den.

EN: –Så du erkänner att Gottfrid hade en hembränningsmaskin!

ON: – En hembränningsmaskin? Nej, det var en evighetsmaskin. Det var en märklig sak ska du veta. Det såg ut som en cykel, ja, det var väl en cykel, som stod uppallad i ett av uthusen. På bakdäcket fanns de en generator som var kopplad till ett lyse vid styret och så gick det en sladd till motorn som också satt på bakdäcket. Gottfrid så att man bara behövde cykla igång den så skulle generatorn alstra tillräckligt med energi för att driva motorn som fick bakdäcket att snurra runt men också ett överskott som gjorde att lampan lös. Ja, vilken uppfinning va! En evighetsmaskin.

EN: – Jag åsyftar såklart på hembränningsapparaten. Var det inte den som exploderade där i vedboden söndagen den 1 juli. Grannarna har vittnat om en stor öronbedövande knall från Gottfrids gård och de har också skymtat ett stort rökmoln över skogen.

ON: – Nej, det var när han skulle klyva atomen som det small. Inte kan man klyva en atom sa jag till Gottfrid. De kan man visst sa Gottfrid. Jag ska visa dig och så tog han fram en glasburk ur skafferiet som var full med små atomer, man kunde knappt se dem med blotta ögat. Med en fin pincett plockade han upp en atom ur burken och la den på huggkubben. Nu ska du se att man visst kan klyva atomer sa han och svingade yxan högt över huvudet. Och jäkla vilken smäll det blev när han högg till. Jag flög flera meter ut i skogen och landade som tur mjukt i en gran. Men det gick värre för Gottfrid. Han gick upp i rök.

EN: – Ja, det är precis vad han har gjort. Gått upp i rök. Vi har efterlyst honom i hela länet. Vi har i vedboden, eller rättare sagt på platsen där den stod, hittat rester av kopparrör som luktar mäsk och i ett av uthusen har vi hittat plastdunkar, socker och jäst. Så det är ingen tvekan om att förekommit olovlig hembränning på gården. Men jag kan inte binda dig till något av detta, så jag tänker låta dig gå för dagen för jag orkar inte höra mer på dina uppdiktade skrönor. Jag får ont i huvudet av alla dina påhittade historier. Men om du ser till Gottfrid så hälsa att jag vill tala med honom.

Den tatuerade mannen

Han var lite egen, gick mest för sig själv och mumlade. Hans namn var Julius Holmlund. Namnet hade han fått efter kejsaren Julius Caesar, då både hans föräldrar var historieintresserade och lärare till yrket. Fadern historie- och latinlärare och modern historie- och svensklärare. Böcker och läsning hade han så att säga fått med sig med modersmjölken. Julius var en intelligent gosse som snabbt lärde sig att läsa och slukade allt som kom i hans väg, i synnerhet de volymer som fanns i föräldrarnas bibliotek. Han plöjde verk på latin av Cicero, Vergilius, Catullus och Horatius redan i unga år. Han var speciellt förtjust i samlingar med latinska citat, aforismer och sentenser. Men han var som sagt annorlunda, och inte blev det lättare att få kamrater då han envisades med att tilltala sina skolkamrater på latin, då det var det vackraste språk han kände till.

Så snart han hade lärt sig att skriva började han plita ner citat och meningar på latin som han tyckte om i små anteckningsböcker. I tonåren började han med bläckpenna skriva av de allra vackraste citaten på sin hud så att han alltid skulle kunna bära dem med sig. Med tiden blev det ganska många meningar och stora delar av kroppen var snart täckt med olika citat och aforismer. Julius var rädd att han skulle glömma bort dessa vackra ord och att de skulle försvinna från hans hud så han började undvika att gå ut när det regnade, för han var rädd för att regnet skulle tvätta bort bläcket. Av samma anledning slutade han att tvätta sig och det säger sig själv att denna orenlighet inte gjorde att han blev speciellt populär i umgängeskretsar. Man kan fråga sig vad hans föräldrar tyckte om detta, men det var helt upptagna med sina gamla historieböcker och märkte knappt vad som pågick i världen så Julius fick klara sig själv.

En solig sommardag när Julius vandrade längs älven såg han en sjöman som tog ett dopp i vattnet. Julius stannade till och såg på mannens överkropp som var täckt med olika bilder i blått bläck. Fundersam över att bläcket inte försvann när mannen badade övervann han sin skygghet och gick ner till strandkanten och frågade mannen vad var det för märkligt bläck som han hade använt som tålde vatten utan att blekas eller försvinna? Sjömannen berättade då för Julius om den sällsamma tatueringskonsten mysterier. Hur en nål för ner bläcket under huden så det inte försvinner utan blir kvar för evigt.

På vägen hem grubblade Julius på vad han hade hört och insåg att det var lösningen på hans problem. Om han tatuerade in orden i huden, istället för att skriva dem med bläckpenna, så skulle de aldrig försvinna utan han kunde bära med dem för evigt. Men vem skulle tatuera in dem? I hans närhet fanns det ingen som kunde tatuera. Sjömannen hade berättat att han hade fått sina tatueringar i New York, men det var ju fasligt långt borta. Så Julius gjorde vad han brukade göra när han stötte på något världsligt problem, han vände sig till sina kära böcker. I föräldrarnas bibliotek fanns inga böcker om tatueringar, men på i ett litet antikvariat som låg i en trång gränd hittade han en antropologisk framställning om Maorier på Nya Zeeland och deras kroppstatueringar. Julius slukade boken med hull och hår och bestämde sig sedan för att bygga en egen tatueringsmaskin för att kunna tatuera in texterna i skinnet. Även om han kom från en teoretisk familj så fanns det i släkten en del uppfinnare och praktiskt lagda person på moderns sida, bland annat en farbror som skulle ha byggt en evighetsmaskin. En del av dessa gener måste ha legat latenta hos Julius för det visade sig när han väl kom igång att han hade en fallenhet för att bygga och uppfinna märkliga maskiner. Efter flera månaders arbete och experimenterande hade han skapat en maskin som skulle kunna tatuera hans hud med de texter som han ville ha.

Grunden i tatueringsmaskinen bestod av en symaskin och en skrivmaskin. Symaskinens nål skulle picka hål på huden och föra in bläcket medan själva texten matades fram från skrivmaskinen. Han hade testat maskinen på en död gris som han hade spänt fast på bristen som långsamt roterade runt en axel medan symaskinens nål åkte upp och ned. Texten matades in i skrivmaskinen med hjälp av en remsa med hål i som sedan bestämde vilken bokstav som skulle tryckas ner på tangentbordet och sedan överföras till symaskinsnålens rörelser. Försöket med grisen hade varit mycket lyckad och maskinen hade tatuerat in inledningen till Aeneiden i grisens skinn utan problem. Julius hade efteråt skrubbat grisen med rotborste och varmt såpvatten och kunde efteråt nöjt konstatera att skriften inte försvann utan var lika tydlig och läsbar som innan hans hårdhänta behandling med rotborsten.

Så kom dagen då det var dags för Julius att själv lägga sig på bristen. Av sjömannen hade Julius fått höra att det gjorde ganska ont att bli tatuerad och han var rädd för smärtan. Det var ju dessutom ganska mycket text som skulle tatueras in på hans kropp. Han hade därför införskaffat en flaska brännvin för att slippa känna något. Under dagen hade han nog förberett allt, texten låg färdig på rullen med hålremsan och maskinen var färdig att starta. Han klädde av sig naken och spände fast sig på britsen och började sedan dricka ur flaskan. När han hade tömt flaskan kände han sig ganska full och sömnig. Innan han somnade kom han iallafall ihåg att dra i snöret som startade maskinen. Remsan med texten började långsamt att matas in i skrivmaskinen, rätt tangent trycktes ner och överfördes till symaskinen som började sticka den bläckdoppade nålen ner i huden. Sakta rörde sig symaskinsnålen fram och tillbaka över kroppen medan bristen roterade runt sin axel som ett grillspett över en öppen eld.

Allt skulle nog ha fortlöpt väl om det inte vore för det olyckliga som inträffade. Julius hade glömt att stänga till dörren till uthuset ordentligt. En liten ekorre råkade se springan i dörren och kilade nyfiket in i uthuset där tatueringsmaskinen långsamt och monotont arbetade. I munnen hade ekorren en liten hasselnöt. Ekorren såg sig omkring innan den klättrade upp och satte sig på en hylla ovanför fönstret för att i lugn och ro äta sin nöt. Symaskinen hade nu skrivit den första raden under Julius hals och började nu vrida bristen för att komma åt att tatuera på baksidan. När bristen vred sig uppstod ett mekaniskt knirrande oljud som skrämde den stackars ekorren som snabbt kilade ut genom springan i dörren. I förskräckelsen tappade ekorren sin nöt som studsade ner från hyllan och landade mitt i skrivmaskinen.

När Julius vaknade hade han en fruktansvärd huvudvärk, det var en baksmälla av guds nåde som han drabbats av. Omtumlad och yr lyckades han knäppa loss sig från bristen och raglade stel och ostadig in i huset där han utmattad somnade om i sin egen säng. När han vaknade dagen efter var huvudvärken borta, men hela kroppen var öm och det gjorde ont så fort han rörde sig. Han såg att lakanen var alldeles blodiga och kom ihåg gårdagen. Han klev upp och ställde sig framför spegeln och betraktade sin kropp, men huden var alldeles för blodig och svullen för att han skulle kunna se resultatet. Han beslöt sig därför att tvätta av sig, något han inte gjort på många år. När han hade tvättat sig ren och torkat sig ställde han sig framför spegeln igen och det första han läste var citatet: "Age quod agis" tatuerat direkt under halsen. Julius bleknade allt eftersom han läste texten på sin kropp. Där stod det "Age quod agis" om och om igen. Hela kroppen hade blivit tatuerade med samma citat från hals ner till fötterna. Hur kunde det ha skett undrade han förvirrat. Det hade ju fungerat perfekt på grisen.

Läsaren vet redan orsaken. En liten hasselnöt från en nyfiken ekorre hade som bekant ramlat ner i skrivmaskinen och kilat fast sig i tatueringsmaskinens mekanik och gjort så att hålremsan inte kunde fortsätta att matas fram utan samma textparti fastnade i en loop och skickades igen och igen till symaskinsnålen som outtröttligt hamrade in samma budskap om och om igen på Julius kropp: "Age quod agis", det vill säga: Det du gör, gör det väl.

Slutet på berättelsen

Hilbert läste sista raden i romanen och såg förvånat upp från boken. Var det allt? Det kändes som om något saknades. Han förstod inte slutet. Fattades det inte några sidor här? Det var Nikko Hirvenpää som hade tipsat honom om den märkliga romanen. Det hade som vanligt börjat med en av Nikkos många berättelser. Det hade varit en sen sommarkväll och de hade nyss druckit upp var sin konjak och Hilbert hade tittat på klockan och anmärkt att de började bli sent och han skulle med ett tåg till Stockholm tidigt nästa morgon.

-Ja tåget ja, hade Nikkos svarat och nickat. De påminner mig förresten om en märklig berättelse jag hörde för några år sedan av en stins på stationen. En kväll hade Nils Grönlund dykt upp på stationen. Under armen bar han ett trave papper hopbundet med ett enkelt paketsnöre. Han hade vankar fram och tillbaka på perrongen som han väntade på tåget. Men varje tåg som kom hade han ratat och bara skakat på huvudet. Stinsen hade gått fram och frågat honom om han väntade på någon?

– Nej, jag väntar på tåget hade Nils svarar.
– Vilket tåg då? hade stinsen undrat.
– Det jag ska åka med.
– Jaha och vilket tåg är det? Stockholmståget eller Sollefteåtåget?
– Nej, det är inget av dem.
– Men det kommer inga andra tåg.
– Jo, nog kommer det alltid, man måste bara ha tålamod.
– Vad är det du har under armen? frågade Stinsen nyfiket.
– Det är ett manuskript till min nya roman som jag ska presentera för förläggaren när tåget kommer.
Stinsen kände ju till att Nils skrev och hade gett ut några böcker innan så han frågade så klart.

27

– Och vad handlar boken om då?

– Om en man som går och väntar tåget.

– Nå, kommer hans tåg då?

– Det får du veta när du har läst boken när den kommer ut på förlaget svarade Nils korthugget.

Stinsen förstod att Nils inte ville prata mer och eftersom det var sent och inga fler tåg skulle komma den där kvällen släckte han stationen och begav sig hemåt. När han var på väg uppför trappan till Babelsberget hörde han ett välbekant ljud i fjärran. Det var det omisskännliga ljudet av ett tåg, men inte skulle det komma några tåg nu inte. Det var först nästa morgon som tåget från Sollefteå skulle anlända. Stinsen stod kvar uppe på trappan och väntade och snart dök mycket riktigt ett tåg upp. Det var ett gammalt ånglok som gick med släckta vagnar och som började bromsa in vid stationen. Kan det vara en hemlig militärtransport tänkte stinsen för sig själv. Det hade gått rykten om att utländsk trupp transporterades genom landet i nedsläckta tågvagnar utanför tidtabellen. Tåget stod nu helt stilla och stånkade vid perrongen. En dörr i den första vagnen svängde upp. Nils Grönlund som stått stilla och väntat medan tåget stannade vid perrongen fick nu plötsligt fart och skyndade sig att hoppa in i vagnen. Så fort dörren stängdes bakom honom började tåget rulla ut från stationen igen.

Dagen efter försökte stinsen förhöra sig med sina kollegor om det mystiska tåget men ingen visste något. Nils Grönlund såg eller hörde man aldrig av igen, men efter några månader dök en ny roman av Grönlund upp i bokhandeln med titeln "Slutet på berättelsen". Boken fick bra recensioner och sålde bra, men det var ingen som riktigt förstod sig på slutet.

-Hur slutade den då? hade Hilbert nyfiket frågat Nikko.

– Ja, det får du ta reda på själv genom att läsa boken, hade Nikko svarat och tackat för sig och sagt godnatt.

Den osaliga timmerbilen

Det var en stormig höstkväll. Vinden ven i björkarna och regnet smattrade mot fönsterblecken. Hilbert satt i sin favoritfåtölj med en kopp kaffe och kände värmen från den tända brasan i den öppna spisen. Ur mappen med kopior av polisförhör, som han hade hittat i arkivskåpet inne i det hemliga biblioteket, hade han tagit fram ett vittnesmål med Jonte med cykeln.

Poliskommissarie Evert Näslund i förhör med John Eriksson även bekant som Jonte med cykeln den 22 augusti 1975.

EN: – Vem var det du sa höll på att köra över dig?

J: – Hainiken van Vreesingen har jag ju sagt!

EN: -Men det är ju ingen riktig person. Det är bara en myt

J: -En myt! I helvete heller, nog var det han alltid! Den förbannade holländaren! Jag såg det själv med mina egna ögon.

EN: -Ja, ja, vi tar det från början. Du var alltså ut och cyklade.

J: -Jag hade varit bortåt Bollsta och utanför affärn hittat jag en bok som något slängt i papperskorgen. Vem skulle vilja slänga Axel Kocks utmärkta bok "Anmärkningar om 1600-talets svenska verskonst" är för mig en gåta. Sen så cyklade jag upp mot Finnmarken via Herrsjövägen. Det hade börjat skymma men det var inte helt mörkt. Då hörde jag något som kom körande längre uppåt vägen. Men jag såg inga lysen. Så dök det plötsligt upp en stor skugga i backen. Det var en timmerbil, det fanns inga lysen på bilen och han körde som han stulit den. Den dundrade fram med en faslig fart mot mig, motorn rusade och gruset och dammet yrde. Jag hann knapp kasta mig ner i diket innan den susade förbi. Vinddraget höll på att kasta in mig rakt i en enbärsbuske. Hade jag stått kvar på vägen så hade jag varit död nu! Jag säger dig att det var den galningen Hainiken van Vreesingen som körde.

EN: -Men hur kunde du se vem det var som körde om det var mörkt?

J: -Jag sa att lysena inte var tända på bilen, men inne i hytten var det som ett spöklikt sken. Det kom liksom underifrån och jag såg Hainiken van Vreesingen likbleka ansikte som vansinnigt stirrade rakt fram genom fönstret. Han hade väl varit upp i finnmarksskogarna för att hämta timmer som han skulle dra hem till helvetet med båten Eländet. Näslund vet väl att Hainiken van Vreesingen är fördömd och drar timmer på Ångermanälven åt djävulen till domedagen? Timret ska användas för att eldas med i helvetes ugnar där man steker de stackars förtappade som drunknat och förolyckats på älven.

EN: – Såg du något mer? Bilnumret kanske?

J: -Jo, nog såg jag mer alltid. Det var det otäckaste ska jag säga en Näslund. På det fullastade timmerlasset hängde och slängde döa skogshuggare. Det var de som hade gått vilse och frusit ihjäl på vintern, de som gått ner sig i myrträsket och drunknat eller som förlorat sig i spriten eller kortspelen och blivit galna av lappsjukan. Jo, nog såg jag dem alltid. Dessa stackars satar som fick slava för Hainiken van Vreesingen med att hugga och lasta timmer i skogen och sedan tvingas följa med på båten hans. Helvetets eldar väntade dem. Sanna min ord.

EN: -Men du såg inget bilnummer då?

J: -Jo, det såg jag. Det stod DEZ 777.

EN: – Så nu vill du anmäla denna Hainiken van Vreesingen för vårdslöshet i trafiken?

J: -Nej, för gud skull. Vad skulle det göra för nytta. Han är ju död. Det bara Gud som kan ställa honom till svars inte någon jordisk rättvisa.

EN: -Men vad vill ni anmäla då?

J: -Jag vill ju såklart anmäla den lymmeln som slängde Axel Kocks bok i papperskorgen. Det är väl ändå straffbart att slänga bort god litteratur? Speciellt sådan som avhandlar viktiga ämnen som vokalförlust, särskilt i ordslut, i 1600-talets poesi. Håller inte Näslund med om detta?

EN: -Om det vet jag ingenting, men jag vet att jag kommer att avskriva det här ärendet. Och jag undanber mig i framtiden fler skrönor från dig John Eriksson.

Slumpens poet

Lina Bäckberg från Bollsta ville verkligen bli poet. Ända sedan barnsben hade hon drömt om att skriva poesi. Precis som många andra i begynnelsen av sin diktarbana började hon skriva julrim, födelsedagsdikter och tillfällighetsverser. Men hon var inte nöjd med det hon skrev. Hon jämförde sig alltid med de stora poeterna och tyckte att hennes egna dikter vara ojämna och konstlade och saknade den där rytmen, det där flödet som utmärker god poesi. Hon bestämde sig därför för att studera poetiken och försöka lära sig verskonstens hemligheter. Hon började med att läsa "Om diktkonsten" av Aristoteles och arbetade sig sedan fram genom historien och läste allt hon kom över om olika versmått som sonetter, blankvers, pentameter och hexameter. Hon kämpade för att förstå vad som menades med betonade och obetonade stavelser. Hon försökte följa rimmönster hos en canzone och hon försökte förgäves förstå vad skillnaden var mellan en troké och en daktyl.

Hon beställde till och med Axel Kocks bok "Anmärkningar om 1600-talets svenska verskonst" från Lunds universitets-bibliotek till det lokala biblioteket så hon skulle kunna läsa den. Redan på vägen hem började hon förväntansfullt att läsa i boken. Men för varje mening sjönk hennes humör, när hon slutligen läste om vokalförlust, särskilt i ordslut, i 1600-talets diktkonst var det som om luften gick ur henne. Hon insåg att hon aldrig skulle lära sig att skriva poesi. Hon saknade helt enkelt förståelse för verskonstens mystiska regelverk. Hon skulle aldrig lära sig skriva en sonett, eller skilja på betonade och obetonade stavelser eller för den delen förstå skillnaden på en troké och en daktyl. Resignerad, besviken och frustrerad slängde hon boken i papperskorgen vid torget, fast besluten att aldrig mer ägna sig åt poesi i hela sitt liv.

Det gick många år utan att Lina ens tänkte på att skriva eller läsa poesi. Istället började hon efter skolan att arbeta i kassan på Konsum i Bollsta och trivdes med det. En dag när hon höll på att stänga butiken upptäckte hon i mjölkdisken en kvarglömd bok. Det var Jonathan Swifts roman om "Gullivers resor" som låg mellan lättmjölken och långfilen. Lina tog med sig boken hem och började läsa i den. Det var en spännande berättelse tyckte hon, men när hon kom till kapitlet där Gulliver besöker den stora akademien i Lagado och han introduceras till en makalös uppfinning som kan skriva alla möjliga texter med hjälp av slumpen blev hon som uppslukad. Maskinen bestod av en ram fylld med kuber där alla ord fanns uppklistrade på papperslappar. Genom fyrtio olika järnhandtag kunde man vrida på kuberna och när man hade gjort det kunde man sedan läsa av raderna efter meningar som man sedan skrev ned och så kunde man fortsätta tills man hade skapat en hel uppsats eller bok.

Det var som en helt ny värld öppnade sig för Lina. Man behövde inte följa olika versmått och regler för att skriva poesi utan man kunde förlita sig på slumpen tänkte hon. Hon började fundera på hur hon skulle kunna bygga en liknande apparat som beskrevs i Gullivers resor för att skriva poesi med. Men desto mer hon tänkte på det desto mer verkade det vara en ganska otymplig maskin. Hur skulle hon till exempel få plats med den i sin lilla lägenhet?

En kväll efter jobbet kom hon i samtal med en arbetskollega som berättade att han var på väg till Folkets Hus där ABF skulle hålla en kurs i datakunskap. Mannen berättade ivrigt att datorer det var framtiden och de skulle snart vara så intelligenta att de kunde ta över människors arbeten och till och med skriva poesi, så smarta skulle det vara. Vid ordet poesi ryckte Lina till. Skulle hon kunde använda en dator för att skapa poesi tänkte hon? Nyfiken följde hon med mannen till Folkets Hus och fick redan första dagen lära sig att programmera BASIC på en ABC 80. Lina var som fast. Hon plöjde genom kursböckerna samma kväll och började skriva olika dataprogram på papper som hon tänkte prova vid nästa kurstillfälle, för någon egen dator hade hon ännu inte. Hennes första diktprogram var enkelt. Datorn slumpade fram ett subjekt, ett adjektiv och ett verb. En dikt kunde se ut så här:

Sol grön flyger / Sten liten springer / Hus arg faller / Bil svart brinner

Men det visade iallafall att det gick att skriva poesi med hjälp av slumpen och en dator. Efter ett par veckor behärskade Lina programspråket BASIC utan och innan och började göra allt mer avancerade program. När kursledare plötsligt blev sjuk, fick hon möjlighet att hoppa in som vikarie för kursen och fick då också möjlighet att låna hem en ABC 80. Varje ledig stund satt hon framför datorn och programmerade. Efter ett halvår hade hon skapat ett program som hon kallade Diktofonen och med hjälp av det skapade hon en helt datorgenererad diktsamling. "Sånger från tangentbordet" utkom på det Stockholmsbaserade bokförlaget "Det fördolda" och väckte stor uppståndelse och betraktas idag som en milstolpe inom den datorgenererade poesin.

Lina hade äntligen blivit en publicerad poet som hon alltid drömt om, men under åren hade hennes fokus alltmer förflyttat sig bort från poesins värld och mot dataprogrammering och tanken på att i framtiden kunna skapa en konstgjord tänkande maskin. Hon sökte sig därför till universitetsvärlden och utbildade sig inom datavetenskap och efter att doktorerat inom artificiell intelligens flyttade hon till USA där hon kom att bli en av nyckelfigurerna när det gäller utvecklingen av artificiell intelligens, maskininlärning och neurala nätverk.

Men efter att ha drabbats av utmattningssyndrom började Lina läsa dikter igen och började även skriva egna dikter för att återfinna den inre friden och balansen i livet. Poesin gav henne ny inspiration och när hon kom tillbaka till sin professorstjänst på universitetet började hon fokusera på sambandet mellan kreativitet och artificiell intelligens. Hon skapade ett helt nytt programspråk som hon kallade Dactylic och som med hjälp av avancerade AI kunde skapade en helt ny form av poesi. Den nya poesiformen döpte hon till Arlstrofism, som en hyllning till Aristoteles som en gång i tiden introducerade henne för diktkonstens regler. För något år sedan utkom Lina med diktsamlingen "PRINT 'Hello, Poetry!'" som väckte stor uppmärksamhet. En av de dikter som oftast citeras som ett exempel på den nya artificiella datapoesin börjar med strofen:

"Print" and "echo" and "console.log"
a cry to be heard, an unique song.
"For" and "while" and "do-while"
loop and spin, creating patterns in the code.
"If" and "else" and "else if"
leading the way through the maze.

Spökskrivaren

Gösta Westin hyrde en sommar ett rum av fru Malm i Dynäs. Det var ett litet vindsutrymme, med ett sparsmakat och slitet möblemang. Rummet hade stått tomt några månader då den förra hyresgästen verkade hade gått upp i rök.

Redan den första natten i det nya rummet hände det. Gösta Westin hade krupit ner i sängen när han plötsligt kände en isande vind som drog genom rummet. Gösta drog förvånat täcket tätare omkring sig. Dagen hade varit ovanligt varm och denna plötsliga kyla som trängde in i märg och ben kändes därför onaturlig. Sedan hörde han knackningarna. De verkade komma från väggen. De var regelbundna och snabba. Gösta som hade gjort lumpen som signalist vid I21 i Sollefteå tyckte att de påminde om morsekod. Så han tog fram anteckningsblocket som alltid låg bredvid sängen och började avkoda meddelandet. Snart kunde han läsa det spöklika budskapet i blocket: "Skriva klar min berättelse. Skriv klar min berättelse".

Gösta visste inte vad han skulle göra. Var det ett meddelande från andevärlden eller var det någon som skojade med honom? Han tvekade en stund, men började sedan knacka tillbaka i väggen på morse. "Vem är du?" frågade han den okända och fick snart svar genom nya knackningar.

-Jag är Nils Grönlund. Skriv klart min berättelse.

Nils Grönlund tänkte Gösta. Det var ju han som hade hyrt rummet innan honom och som nu hade varit försvunnen ett par månader. Gösta hade till och med läst hans bok "Slutet på berättelsen" och liksom alla andra tyckt det var en utmärkt bok, men slutet hade han inte förstått. Det var som om något saknades för sista meningen i boken slutade med ett "och". Tänk om det verkligen var Nils Grönlund som sökte kontakt

37

från den andra sidan för att någon skulle avsluta hans bok? Gösta rös när han tänkte på att det var ett spöke som försökte kommunicera med honom, men sedan tog nyfikenheten överhand. För han ville bra gärna veta hur berättelsen slutade. Så han knackade försiktigt i väggen: "Berätta så skriver jag ned det".

Strax började det knacka något förskräckligt i väggen. Gösta hade ett himla sjå med att skriva ner allt i anteckningsblocket, för det gick i en rasande fart. Fram mot fyratiden upphörde knackningarna. Gösta såg ner på det fullklottrade blocket och kunde nu äntligen ta sig tid att läsa vad han hade skrivit ner. Det var ett märkligt och underbart slut på berättelse. Ja, allt i berättelsen knöts samman och bildade en fantastisk enhet på de sista sidorna som Nils Grönlund hade dikterat. När Gösta hade läst klart, knackade han i väggen till Nils. "Det var det mest fantastiska som jag läst i hela mitt liv". Men han fick inget svar. "Är du kvar" knackade han igen men fick inget svar. Han försökte få kontakt med Nils igen men ingen svarade så Gösta beslöt sig för att gå upp och dricka kaffe och läsa berättelsen igen. Hela dagen vara han uppfylld av den fantastiska berättelsen.

På kvällen när han hade lagt sig, kände han återigen den kalla vinden som drog genom vindsrummet och snart började knackningarna i väggen. Först trodde han att det var Nils som hade kommit tillbaka men när han började skriva ner meddelandet i sitt anteckningsblock kunde han på sin knaggliga skoltyska läsa: "Skriv klart min roman". Gösta provade att på tyska fråga "Wie heißen Sie?" Snart fick han en knackning på tyska som löd: Jag är Franz Kafka. Du måste skriva klart min roman Processen.

Sedan började en lång rad snabba knackningar i väggen. Gösta hann knappt med att skriva ner allt som anden förmedlade och fram mot morgon var han alldeles slut och hade kramp i handen. Sidorna var fulla med text på tyska. Gösta visste inte riktigt vem den där Kafka var men när han lyckades staka sig igenom texten förstod han att boken måste handla om en hund. För i slutet kommer två hundfångare och för bort hunden för att avliva den. Sedan får vi följa ägaren som förgäves försöker hitta sanningen om vad som hänt med hans hund, men trots stora ansträngningar får han inga svar från ansvariga myndigheter. Mannen beslutar sig därför i slutet av berättelsen att köpa en ny hund.

Gösta var helt slut av allt skrivande och knackningarna hade nu hållit honom vaken två nätter i rad så han somnade redan vi lunchtid och sov hela dagen och vaknade först vid tiotiden på kvällen av att det knackade i väggen. Vem är det som knackar tänkte Gösta? Han försökte tyda knackningarna men det var på ett språk som han inte förstod. Han misstänkte att det kunde vara latin. Han tänkte att han måste skaffa en ordbok på latin för att översätta texten, då det började knacka igen och snart kom det knackningar från flera olika håll i rummet. Han lyckades snappa upp fragment av meddelanden bland knackningarna. De framfördes på olika språk som förutom svenska, verkade vara på engelska, tyska, spanska, franska, danska, ryska, kinesiska? Budskapet verkade vara samma: - Skriv klart min historia.

Gösta var alldeles förvirrad av alla dessa knackningar. Han knackade tillbaka: Vilka är ni? och fick till svar en kakafoni av knackningar med olika namn. Några kände han igen som namnet på kända avlidna författare och poeter, medan andra var helt okända för honom. Nu ökade intensiteten i knackningarna, de blev allt ivrigare. Skriv klar min bok krävde dem. Knackningarna övergick till bultande i väggarna och stampande i golvet som ökade i styrka tills hela rummet skakade och ljudet var öronbedövande. Gösta stod inte längre ut. Skräckslagen rafsade han ihop sina kläder och sprang ner för trappan och ut i sommarnatten och kom aldrig tillbaka till vindsrummet hos fru Malm igen.

Anteckningsboken med Nils Grönlund och Franz Kafkas avslutade berättelser glömde han kvar i rummet. Många år senare skulle det via en släkting till fru Malm hamna hos Helge Broman och sedan i det hemliga biblioteket, men det är en annan historia. Hur gick det då för Gösta Westin? Jo, han höll sig i fortsättningen till sitt eget skrivande, något mer spökskrivande vill han inte veta av och sov i fortsättningen alltid med tjocka bomullstussar instoppade i öronen.

Skuggornas bok

-Jag håller som sagt på med korrekturet till min nya bok "Allt och ingenting annat än sanningen" förklarade Anders Andersson. Den handlat om alla hemligheter som finns i Kramforstrakten. Ja som du vet byggdes till exempel Svalltornet från början som en kärnvapensilo under kalla kriget och Ådalstunneln var tänk som en undervattenbas för amerikanska ubåtar och under Babelsberget finns ett hemligt skyddsrum med flera underjordiska plan och i Ödsberget finns en anläggning där man förvarar ett UFO, ja, för att inte nämna alla mysterier och hemligheter som kretsar kring Lomtjärna. Ja, det har ju din egen släkt skrivet en del om. Boken kommer ut på bokförlaget "Det fördolda" om någon månad. Jag håller som bäst på att försöka hitta lämpliga illustrationer och det var då jag snubblade över dem här två bilderna. Är dem inte märkliga så säg?

Hilbert såg på de två litografierna som Anders Andersson hade lagt fram på skrivbordet i hans arbetsrum.

-Kan du berätta igen vad är det jag tittar på?

-Det ena är en litografi från mitten av 1850-talet av Alexander Nay som jag köpte på nätet. Från en kulle ser du en vy över Kramfors som det såg ut på den tiden. Då fanns det bara några få hus och i bakgrunden ser man Ödskurvan och Grusholmen och ett par segelfartyg på Ångermanälven. Originalet gjordes av Carl Svante Hallbeck på uppdrag av Bonniers förlag som beställde 40 målningar från olika platser i norra Sverige, men Hallbeck lyckades aldrig leverera alla målningarna i tid, men det är en parentes till historien. Den andra litografin hittade jag i Gösta Nordins lada i Styrnäs. Den låg i en låda med gamla böcker och lösa blad. Jag trodde först det var samma blad, men när jag tittade närmare märkte jag skillnaden och nu förstår jag det är ett hemligt budskap. Jag tror det är en ledtråd till var man kan hitta Skuggornas bok.

-Skuggornas bok? Den har jag aldrig hört talas om.

-Inte? Men du känner kanske till att på 1800-talet kom en belgisk munk med namnet Robert Septonia till Finnmarken där han övertog en gammal skvaltkvarn för att mala malt för att sedan brygga öl?

-Jo, den skrönan har jag hört talas om.

-Men han malde inte bara malt i kvarnen utan stod även i förbindelse med de onda krafterna. Det sägs att han skrev ett kontrakt med Djävulen om att sälja sin skugga för att bli invigd i uråldriga hemligheter. Du förstår Septonia var ganska slug så istället för att skriva att han skulle sälja sin själ till Djävulen, som var det vanliga, så ändrade han i texten till skugga utan att Djävulen märkte det. När kontraktet väl var underskrivet fick han av Djävulen veta att han skulle mala ner lindor från gamla mumier i sin skvaltkvarn och av lumpmassan skapa sju pappersark. Sedan skulle han slakta en tupp som galt tre gånger innan solen gått upp och använda blodet som bläck. När det var blodmåne nästa gång skulle han sätta sig ner vid pappret och då skulle allt uppenbara sig för honom på papperet.

Så Septonia gjorde som Djävulen sa och malde ner bindor från mumier och gjorde av dem sju pappersark . Han slaktade också en tupp som galt tre gånger innan gryningen och satte sig sedan i sin skvaltkvarn och väntade på att blodmånen skulle gå upp. När det röda skenet från fullmånen föll ner på pappret så var det som om pennan doppad i tuppblodet började skriva av sig själv och innan natten var slut hade han fyllt alla sju sidorna med märkliga texter, formler, symboler och besvärjelser. När han satt punkt på sista sidan uppenbarade sig plötsligt Djävulen med kontraktet i högsta hugg och krävde sin betalning. Djävulen ville genast ha Septonias själ och ta med sig den till helvetet, men då pekade Septonia på kontraktet där det inte stod själ utan skugga. Djävulen blev så klart rasande över att han blivit lurad men han kunde inte göra något så han fick nöja sig att ta med sig Septonias skugga, men Djävulen var ingen god förlorare så han passade också på att ta med sig ett av pappersarken på sin väg ner till helvetet.

När Septionia dagen efter visade sig i byn drog sig folk undan. Det var något annorlunda med honom som var skrämmande och främmande tyckte man. Det tog ett tag innan de förstod vad det var. Det var ett barn som plötsligt pekade och skrek. Han har ingen skugga! Och mycket riktigt när man tittade igen på munken som stod mitt i solskenet så saknade han skugga. Då förstod man att det var djävulstyg som låg bakom alltsammans och att munken stod i förbindelse med den onde. Septonia försvann ett tag senare efter en brand i Skvaltkvarnen och sågs aldrig mera till i trakten, och boken, den som kallas Skuggornas bok, den påstås Kniv-Johan ha haft i sin ägo, men när biblioteket i Habborn skingrades efter hans död så försvann även alla spår efter boken. Men jag tror att svaret på var boken tog vägen finns på den litografin som jag hittade i Gösta Nordins lada. Det gäller bara att lösa bildgåtan. Om du tar det här förstoringsglaset och tittar närmare på det här huset så du ser du att det står en munk och tittar in genom ett fönster på byggnaden. Munken finns inte på den andra litografin. Han saknar dessutom skugga fast allt annat på bilden har skugga och i fönstret, knappt läsbart står det spegelvänt Liber Albus, det vill säga den vita boken på latin. Säger det dig något?

-Inte direkt. Borde det inte stå skuggornas bok om det var den man syftade på. Det är inte mycket till ledtråd tycker jag. Finns det inget annat i bilden?

-Nej, jag har verkligen gått igenom bilden noga. Det enda är att efter Nays namn har något med svag blyerts skrivit initialerna KJ och SvM7. Jag gissar att det första kan vara en förkortning för Kniv-Johan och att det är han som i efterhand har lagt till munken och spegelskriften på litografin som en ledtråd till var han har gömde Skuggornas bok. Det andra vet jag inte vad det kan vara. Kanske en referens till en kartkoordinat?

-Liber Albus, kanske inte åsyftar på en vit bok, utan det är kanske ett anagram för något annat?

-Jag har tänkt på det och med hjälp av olika program på nätet försökt att hitta ett anagram som kan hjälpa mig framåt, men hittills gått bet.

-Tyvärr kan jag nog inte hjälpa dig i det här fallet. Det är faktiskt första gången jag hört talas om Skuggornas bok och en vit bok säger mig inget, det kan ju vara vad som helst, men kommer jag på något så säger jag såklart till.

-Ja, gör gärna det. Anders Andersson sneglade på sin mobil. Opps, är klockan så mycket redan, nej nu måste jag vidare så jag hinner få med allt innan deadline. Jag skickar dig ett exemplar av boken när den kommer ut. Anders Andersson rullade försiktigt ihop de två litografierna och la ner dem i pappröret och började gå mot ytterdörren.

-Gör gärna det. Det ska bli spännande att läsa sa Hilbert när han öppnade dörren och tog farväl av Anders Andersson

När Anders Andersson hade gått satte sig Hilbert i salongen och funderade. Skuggornas bok och den vita boken? När han studerade litografin genom förstoringsglaset hade han kommit på en lösning på bildgåtan som han inte ville avslöja. Skuggornas bok kunde mycket väl finnas i spegelbiblioteket för han kände igen formen på fönstret på litografin. Det var samma form och mönster som speglarna i spegelbiblioteket hade och Liber Albus, den vita boken, kunde det referera till något annat än den mytiska vitboken som var förknippad med legenderna kring Lomtjärna och som så länge hade varit försvunnen? Beteckningen SvM7 efter Kniv-Johans initialer kände han också mycket väl till. Det var den kategori i bibliotekets liggare med böcker som var placerade i Spegelbiblioteket. Vitboken och Skuggornas bok fanns dock inte med i förteckningen, men å andra sidan var det många farliga böcker och föremål som inte fanns med där. Hilbert rös till på tanken att denna hemliga bok med uråldriga skrifter från tidens begynnelse, som hade återskapats av Septonia med Djävulens hjälp, fanns någonstans i hans eget hus.

Ljudboken som slukade tid

Hilbert Broman satt i salongen framför den öppna spisen och höll boken i knät. Utsidan påminde om en bok ur ett xylothek, det vill säga att själva bokpärmen var gjord av ett träd, i det här fallet en ek. Av de täta årsringarna och utseendet skulle han säga att det rörde sig som en mycket gammal ek, ett par hundra år minst, kanske ännu äldre. Men till skillnad från en bok ur ett xylothek innehöll den här boken inga organiska delar från trädet som bark, kottar, löv och bär utan ett sinnrikt mekaniskt urverk. Det var förmodligen en av världens äldsta ljudböcker som han höll i handen.

Han hade fått ärva boken tillsamman med många andra märkliga böcker och föremål efter sin far som i sin tur hade ärvt dem av sin far. De var ett boksamlande släkte och i det hemliga biblioteket som fanns väl dolt i den bromanska herrgården fanns många märkliga, sällsynta och besynnerliga böcker, som den här antika ljudboken. Någon titel fanns inte på boksidan och dess upphovsman och ursprung var höljd i dunkel. Den utsökta mekaniken i brons påminde en hel del om den märkliga Antikytheramekanismen som man hade hittat på havsbotten utanför den grekiska ön Antikythera i början av 1900-talet. Mekaniken kunde alltså mycket väl vara gjord under antiken tänkte Hilbert, men själva boklådan som den låg i var betydligt yngre. Den hade förmodligen tillverkats någon gång i mitten av 1800-talet. På insidan av pärmen, inskuret i träet kunde man se initialerna KJ, men inga fler ledtrådar. Med ett förstoringsglas hade Hilbert skärskådat mekaniken och även där lokaliserat en signatur. LCF stod det ingraverad i bronset, det kunde vara konstruktörens namn tänkte han.

Mekaniken var som sagt utsökt och påminde om ett urverk med sina kuggar, skivor och axlar. Förutom urverket låg det sju små cylindrar i lådan. När man tryckte ner en knapp startade en pendel som satte i gång hela mekaniken och fick en arm med en pigg att röra sig längs de roterande cylindrarna som då spelade upp innehållet på cylindrarna som en gammal fonograf. Längs ena långsidan fanns också ett litet rör som kunde fällas upp och längst ut på röret var det en solfjädersliknande anordning som kunde fällas ut och som då bildade en tratt som förstärkte ljudet i lådan. När man startade ljudboken kunde man höra en mörk knastrig röst som på gammelgrekiska berättade en fabel. Hilbert hade genast tänkt på Aisopos, den stora grekiska fabeldiktaren. Till utformningen påminde fablerna om Aisopos stil, men ingen av fablerna han hittills hade hört kunde han hitta i någon tryckt källa utan det måste i så fall röra sig helt okända fabler för omvärlden.

Mekaniken var utformad så att varje cylinder kunde flyttas och byta plats med en annan och för varje gång man skiftade plats på en cylinder hörde man en ny fabel. Hilbert hade inte lyckats lista ut hur det hela fungerade. Det måste på varje cylinder finnas olika inspelningar i olika lager som aktiveras beroende på placeringen av cylindern. Enkel matematik sa att om varje cylinder hade bara två spår och kunde flyttas omkring i sju olika positioner så kunde det teoretiskt bli 128 olika kombinationer. Hilbert anade att det fanns betydligt fler spår än så, för än så länge hade han inte hört någon fabel som var den andra lik. För det besynnerliga var att oavsett hur cylindrarna placerades så blev det alltid en helt ny fabel. Även om det verkade finnas en grundmall för hur berättelserna var utformade så var ingen fabel den andra lik utan alla lika finurliga och utsökt utformade.

Det var visserligen besynnerligt att det fungerade, men Hilbert kunde ändå tänka sig att det fanns en logisk förklaring bakom den fantastiska mekaniken. Det andra som han hade upptäckt var mer oroväckande och besynnerligt. Tiden. Ja, själva tiden för varje fabel var exakt en minut lång, förutom för personen som lyssnade på den, då var den 1 minut och 6,6 sekunder. Det var en ren slump som han hade upptäckt detta märkliga fenomen. Han hade lyssnat på en fabel och mätt tiden för att veta exakt hur lång den var. Han hade klockat tiden till 1 minut och 6 sekunder, men när han sedan satte sig vid datorn upptäckte han att datorns klocka och hans egen klocka skilde sig åt med 6 sekunder. Naturligtvis var första tanken att någon av klockorna gick fel, men det hade aldrig tidigare inträffat, så han blev fundersam och gjorde om samma sak igen. Han synkroniserade klockorna och satte sig framför datorn och lyssnade på en ny fabel. Han höll ögonen på sin egen klocka och datorns klocka. När datorn och hans armbandsur visade att exakt en minut hade passerat hände det oförklarliga. Klockan på datorn verkade stanna upp medan hans egen klocka fortsatta att ticka på i ytterligare ett par sekunder, för att vara exakt i ytterligare 6,6 sekunder, innan berättelsen var slut, och datorns klocka började ticka på som vanligt. På något sätt hade han alltså förlorat 6,6 sekunder när han lyssnade på berättelsen. Det var inget som man vetenskapligt eller logiskt kunde förklara, det var ett märkligt mysterium som verkade bryta mot alla naturlagar. Den märkliga ljudboken hade helt enkelt slukat 6,6 sekunder av hans liv.

Ordet blev kött

Ett flickebarn blev fött uti Gudmundrå församling. Det var ett välskapt och vackert barn men på ryggen hade flickan ett stort och fult födelsemärke. När hon blev äldre blev konturerna på födelsemärket allt skarpare och efter några år kunde föräldrarna till sin häpnad läsa det latinska uttrycket "Ordet blev kött" från Johannesevangeliet 1:14. Det spekulerades en del om det inte ändå var fadern som var orsaken till detta märkliga fenomen. Han hade i sin ungdom varit mycket intresserad av latinska ordspråk och citat och i ett ungdomligt övermod byggt en maskin som skulle tatuera in alla hans favoritcitat på kroppen. Nu gick det inte som han hade tänkt sig utan maskinen hakade upp sig och täckte kroppen med ett enda citat, nämligen "Age quod agis", det vill säga "Det du gör, gör det väl". Eftersom han inte hade haft så stora kunskaper inom tatueringskonsten hade han istället för införskaffa riktigt tatueringsbläck blandat en egen mixtur av olika kemikalier och färgämnen som fanns tillgängligt på gården där han bodde. Bläcket visade sig nu inte vara beständigt utan hade med åren bleknat och försvunnit, vilket kanske var tur med tanke på det misslyckade experimentet. Istället hade han följt i sina föräldrars fotspår och utbildat sig till lärare i historia och latin och efter studierna träffat en trevlig lärarinna i svenska som sedan blev flickans moder.

Dr Molander som undersökte flickan misstänkte att någon av kemikalierna som fadern använt hade påverkat arvsmassan och förklarade för föräldrarna att när fadern så att säga skrev med livets bläck i moderns tomma anteckningsbok och därmed startade berättelsen om flickebarnet så måste det ha blivit något skrivfel i själva kopieringen av texten som orsakat det märkliga födelsemärket som man nu kunde tolka som det latinska citatet "Ordet blev kött". Oavsett hur det förhöll sig med denna teori så var det ett citat som väl stämde in på flicka, som passande nog hade döpts till Seshat efter den fornegyptiska gudinnan som var både skrivkonstens och lärdomens beskyddare. För liksom sina föräldrar var hon tokig i böcker och en skrivande varelse.

Redan i skolåldern började Seshat att arbeta som cykelbud åt Robert Broman som under den här perioden drev antikvariat Gränden inne i Kramfors. Seshat jobbade extra under loven och helgerna och cyklade runt med olika beställningar och hämtade och lämnade böcker från olika kunder. Med åren utvecklade hon ett gott öga för intressanta och värdefulla böcker och började bygga upp en egen boksamling som hon av någon anledning alltid släpade med sig i sin ryggsäck. Hon förklarade att hon ville ha böckerna nära sig och att hon älskade att lukta på dem, höra hur pappret prasslade när hon bläddrade i dem och känna texturen på bokryggen under sina fingrar. Allt eftersom hennes boksamling växte desto svårare blev den att bära med sig. Till en början hade hon böckerna i sin ryggsäck eller i cykelkorgen men när hon fyllde 15 år skaffade hon sig en flakmoppe med en stor låda vilket gjorde det lättare att transportera boksamlingen. Men så snart hon hade åldern inne skaffade hon sig ett körkort och köpte därefter en stor kombibil som hon fyllde med böcker och när hon hade växt ur bilen blev det istället en folkabuss, men även den började snart bli för liten för alla böcker som hon hade samlat på sig under åren. Slutligen insåg hon att det bara fanns en sak att göra. Så hon skaffade sig ett busskort och köpte sedan en stor gammal buss som hon varsamt renoverade och inredde med bokhyllor. Denna bokbuss blev sedan hennes hem under många år och med den gjorde hon många resor ner till Europa där hon fortsatte att leta efter böcker till sin samling.

Seshat var som sagt en människa av ord och skrev också en hel del. Efter en del misslyckade försök i ungdomen kom hennes debutroman ut lagom till hennes 20-årsdag. "Askan blev orden" är en kortroman, eller rättare sagt en längre novell, på runt 60 sidor. Den bygger på en skröna som Seshat hade hört som liten om en pojke som kunde dricka böcker. Pojken la ner boken i en hink med vatten under natten och när bläcket hade lösts upp i vattnet drack han vattnet och fick på så sätt i sig kunskapen från boken. I "Askan blev orden" möter vi samma pojke men nu som vuxen. Han upplever att kunskapen blivit för urvattnad och effekten att dricka böcker avtagit med åren. När ett bibliotek i närheten brinner ner och allt som blir kvar är aska av böckerna kommer han på idén att samla ihop askan och dricka det som ett koncentrat av världslitteraturen. Han hittar i själva bibliotekets hjärta, i läsrummet, en hård förkolnade kolbit som han tar med sig hem och lägger i ett glas med vatten under natten. På morgonen har kolet lösts upp och bildat en seg svart väska. Mannen dricker upp vätskan och känner hur han uppfylls av all världens kunskap och litteratur. Men redan i Predikaren varnas det för att det finns ingen ände på det myckna bokskrivandet, och mycket studerande gör kroppen trött. Det visar sig att mannen har fått i sig en allt för stor koncentrerad dos av litteratur och han börjar samtala med människor och svara på frågor genom att citera olika böcker och med tiden började han få allt svårare att skilja på vad som är verklighet eller fiktion. Han började uppträda som olika karaktärer ur litteraturhistorien och tror till slut att han är en bok och flyttar in på en hylla i ett bibliotek. Bibliotekarien förpassar honom sedan till magasinet där han glöms bort och förtvinar.

"Askan blev orden" fick ett mycket fint mottagande och betraktades av flera kritiker som en återkomst av meta-fiktionen i svensk litteratur. Seshat spåddes en lysande framtid som författare, men någon uppföljare kom aldrig trots många förfrågningar från förlaget och publiken. Seshat påbörjade visserligen många nya romanprojekt och skrev minst två oavslutade böcker om året, men efter några kapitel gav hon upp och började om på ett nytt manuskript. Jag har tagit del av alla hennes oavslutade böcker, det rör sig om nästan 50 manus och jag kan förstå varför hon inte fortsatte. Hennes teknik och språk är mästerligt, men efter några sidor inser man att det här är en berättelse som redan har berättats. Den är en kopia av Hemingways "Den gamle och havet", eller Dostojevskijs "Idioten", eller "Jerusalem" av Selma Lagerlöf, eller "Till fyren" av Virginia Woolf. Det är som om hon inte klarade av att hitta på en egen historia utan alltid skapade en kopia av ett befintligt verk. Hon kunde inte längre frigöra sig från alla böcker som hon hade läst och samlat på sig. Hon hade liksom fastnat i litteraturhistoriens labyrint och kunde inte ta sig ut. Även hennes debutbok "Askan blev orden" är egentligen en omskrivning av Franz Kafkas novell "En svältkonstnär", men här lyckas hon fortfarande föra in något eget i berättelsen vilken hon tyvärr inte lyckades med längre fram.

Under ett besök på biblioteket vid det kungliga klostret San Lorenzo del Escorial utanför Madrid inträffade en tragedi i Seshats liv. Plötsligt började hennes bokbuss att brinna på parkeringen. En trolig orsak var en läckande slang till en gasoltub i bussens köksavdelning. Förloppet var hastigt och bussen var snart övertänd. Efter några minuter fanns bara ett utbrunnet stålskelett och aska kvar av den dyrbara boksamlingen. Förtvivlad över att se sitt livsverk brinna upp började Seshat att samla ihop den varma askan. Askan brände hennes händer, men hon kände inte någon smärta i all förtvivlan. Till långt inne på natten satt hon kvar vid det rykande bilvraket och drack glas efter glas med aska för att rädda vad som räddas kunde av boksamlingen. På morgonen fann polisen henne helt katatonisk på trottoarkanten och omhändertog henne och förde henne till en institution för vård.

När bilvraket några dagar sedan skulle bärgas upptäckte man under all bråte ett litet kassaskåp som klarat sig från branden. När man öppnade skåpet fann man ett pass, lite pengar och en hög manuskript, det var Seshats oavslutade romaner som klarat sig utan skada i det brandsäkra kassaskåpet. I högen låg också ett brev från mig och mitt visitkort, Robert Broman och adressen till antikvariat Boksvängen i Stockholm. Eftersom man inte visste vad man skulle göra med papperen man hittade i kassaskåpet skickade man dem till mig. När jag fick brevet med manuskripten och fick reda på vad som hade hänt med Seshat och hennes husbil tog jag första bästa flyg ner till Madrid för att träffa henne.

Jag hittade henne i dagrummet där hon satt ensam i ett hörn och talade förvirrat för sig själv. Jag kunde uppfatta osammanhängande citat från olika litterära verk. När jag slog mig ner bredvid henne och fattade hennes händer var det som något hände, hon kände igen mig och såg på mig. Jag hade tagit mig en liten sällsynt diktsamling innehållande den poetiska sviten om släkten Ambrosia som jag vet att hon varit intresserad av. När jag överräckte dikthäftet till henne log hon. Sedan pratade vi i lugn och ro om gamla minnen under resten av besökstiden. Jag besökte henne dagligen under den kommande veckan och såg hur hon långsamt blev bättre och bättre. Hon berättade att dikthäftet hade hjälpt henne att få tillbaka livsgnistan. Försäkrad att hon var på bättringsvägen och i goda händer på institutionen begav jag mig hemåt för att ta hand om mitt antikvariat.

Vi höll kontakten under åren. Några veckor efter mitt besök blev Seshats utskriven från institutionen och slog sig ner i närheten av San Lorenzo del Escorial där hon så småningom fick en tjänst på det anrika klosterbiblioteket. Under de resterande åren av sitt liv levde hon ett stillsamt liv och några år innan sin död publicerade hon en biografi över Eduard Empesat som hade arbetat som bibliotekarie vid San Lorenzo del Escoria och som var expert på munken Ambrosia författarskap. Jag har ett dedikerat exemplar av boken i min bokhylla, titeln översatt från spanska lyder: "Eduard Empesat och vishetens sju sjungande stenar" och dedikationen lyder. "Till min kära vän Robert Broman som visade mig att ordet inte bara är kött utan även glädje och fantasi."

Räknemaskinen

En elektrisk skrivmaskin. Det var som stod högst upp på Anders Anderssons önskelista. Redan i september hade han skrivit klart sin önskelista och påminde sedan föräldrarna regelbundet om vad han önskade sig till julklapp. Om det var hans slarviga handstil som tomten inte kunde läsa eller hans föräldrar oförstående till vad en 10-åring skulle med en elektrisk skrivmaskin till så var resultatet detsamma. När allt julklappspapper var avrivet på julaftonskvällen kunde Anders Andersson konstatera att någon elektrisk skrivmaskin inte hade legat under granen. Däremot en prenumeration på Fantomen, en brandbil och hemstickade sockor. Besvikelsen var förstås enorm.

Det var i mellandagarna som Anders farbror kom förbi för att äta middag. Det blev en trevlig middag och efter middagen gick farbrodern ut i hallen och smusslade med något. När han kom tillbaka räckte han fram ett stort paket till Anders.

-Dina föräldrar berättade att du blev lite besviken på julafton då du inte riktigt fick vad du önskade dig. Jag hade ju en gammal stående hemma så jag tänkte den kunde passa. Så God Jul Anders.

Anders ögon glittrade av glädje när han tog emot det stora paketet och ivrigt slet av pappret. Han stirrade storögt på en elektrisk...räknemaskin?

-Jo, nu har du din egen elektriska räknemaskin precis som du önskade dig. Nu kan du räkna både plus och minus och division och multiplikation.

Anders såg med förvånad min bort mot sina föräldrar som verkade lika häpna och oförstående som han själv. Men av sin moders desperata minspel och läpprörelser listade Anders ut att han stackars lomhörda farbror hade hört fel i telefonen och i all välmening gett honom en elektronisk räknemaskin istället för en skrivmaskin. Det vara bara att svälja gråten och besvikelsen och gå fram och bocka och tacka farbrodern för den fina presenten.

Efter maten drog sig Anders tillbaka på sitt rum. Han ställde räknemaskinen på skrivbordet och kopplade in den. Det var en gammal Facit maskin, med grå knappar och en pappersrulle. Han tryckte på knapparna och på pappret kom det ut olika siffror. Men det var siffror som skrevs ut pappret och inte bokstäver. Det var ju inte samma sak. Han ville ju ha en riktig skrivmaskin som han hade sett författare på TV sitta och knattra på. Han vill ha en egen skrivmaskin precis som Hemingway hade sin Corona No. 4 eller Agatha Christie en Remington Home Portable No. 2 eller en Underwood som Orson Welles skrev på. Inte en räknemaskin. Han drog täcket över huvudet och med tårarna rinnande längs kinden somnade han så småningom den kvällen.

Någon vecka senare damp iallafall ett nummer av Fantomen ner i brevlådan från hans julklappsprenumeration. Anders kröp ihop i fåtöljen på sitt rum och började läsa. Det var ett spännande äventyr om sjörövare och hemliga koder. Det fanns också ett avsnitt som förklarade hur man själv kunde skapa egna hemliga koder. I artikeln visade man hur ett enkelt sifferchiffer fungerade, där A motsvarar en etta, B en två och så vidare i alfabetet. Så istället för att skriva apa skrev man 1-16-1.

Tänk om man kunde använda räknemaskin för att skriva chiffer tänkte Anders och satte sig framför räknemaskinen vid skrivbordet. Han började mödosamt att översätta text till siffror, varje bokstav blev en siffra på pappersrullen. Det gick långsamt i början och pappersrullen var inte så bred så det tog ett tag innan han listade ut hur han skulle skriva sina krypterade texter på bästa sätt. Men efter ett tag lossnade det och han började obehindrat skriva små sifferkodade historier på sin räknemaskin.

Nu tillhörde Anders den skara av barn som hade sin födelsedag i början av februari och hans föräldrar som hade lärt sig en läxa efter den misslyckade julen hade till Anders födelsedag köpt en riktig elektrisk skrivmaskin. Räknemaskinen fick flytta på sig och ge plats åt en röd elektrisk skrivmaskin av märket Facit. Anders var förstås mycket nöjd med sin födelsedagspresent och började genast skriva på den. Men intresset för koder och hemliga meddelanden var något som han fortsatte att fördjupa sig i. Han började därför sluka böcker om olika chiffer och koder och fascinerades av berättelser som Edgar Allan Poes "Guldbaggen" och Sherlock Holmes mysteriet med "De dansande figurerna" och många andra berättelser som handlade om koder, chiffer och hemligheter. Han kom också i kontakt med numerologi och Kabbala och fascinerades av tanken på att det skulle kunna finnas hemliga meddelanden gömda i vanliga texter som man kunde dechiffrera genom att översätta texten till nummer och sedan leta efter nya innebörder.

Några veckor innan skolavslutningen i 9:an gjorde Anders en skolresa till Stockholm och efter ett besök på slottet råkade han hamna inne på ett antikvariat i Gamla stan som specialiserade sig på norrländsk litteratur. I en låda med reaböcker hittade Anders ett mycket slitet och vältummat exemplar av Holger Bromans samling med "Skrömt och skrönor från Finnmarksmyra" som han tyckte lät spännande och köpte. Under tågresan hem började han att läsa boken och det var första gången han fick upp ögonen för alla de mystiska legender och skrönor som cirkulerade kring Lomtjärna i Finnmarken.

Hans tränade kodknäckaröga anade också att det fanns något mer gömt i själva texten. Hela sommaren ägnade han sig därför åt att försöka dechiffrera texten och leta fram ett hemligt budskap. På en karta började han att pricka ut olika platser runt Kramfors som han lyckats få fram genom dolda koordinater i boken. För om man tog första bokstaven i varje rad på varje kapitels första sida och om man översatte den till en siffra fick man fram longituder och latituder. Siffran bestämdes av den anfang som fanns i början av varje kapitel, det vill säga stod det ett stort A i början av kapitlet, och det stod ett B i andra raden, så adderade man A+B, dvs. 1+2 och man fick siffran 3, om det var ett stort B i början och ett D på femte raden så adderade man B+D som blev 2+4=6, och så fortsatte man hela sidan ner. Koordinaterna som Anders hittade gick till platser som Lomtjärna, Svalltornet i Dynäs, Babelsberget i centrum, Ödskurvan, Grusholmen och några andra platser. Anders förstod att han snubblat över något stort. Det fanns något mystiskt och hemlighetsfullt på dessa platser som någon eller några till varje pris försökte dölja för allmänheten.

Under åren samlade Anders på sig en hel del material och började skriva om olika teorier som handlade om allt från hemliga ubåtsbaser, UFO:n, hemliga sällskap och mystiska platser i Kramforstrakten. När han blev äldre, fick skrivmaskinen flytta på sig och ge plats åt en dator, och han startade därefter bloggen sanningenfinnsdarute.org som snabbt blev känd bland konspirationsteoretiker och i alternativa kretsar. Ja, tänk hur ödet kan utveckla sig bara för en lomhörd farbror hörde fel på räknemaskin och skrivmaskin.

Spindelälgen

Hilbert satt i soffan och läste ännu en kopia av ett polisprotokoll som han hade plockat fram ur arkivskåpet med Hubertus Bromans folklivsarkiv.

Poliskommissarie Evert Näslund i förhör med Erik Nyman 20 september 1971.

Nyman: Ni måste varna allmänheten! Ett monster går lös därute!

Evert: Lugna ner sig nu Nyman och berätta från början vad som hände.

Nyman: Jo, vi hade på morgonen fördelat jaktpassen och min lott föll på ett ställe uppe vid Lomtjärna, alldeles vid myren. Det var som i en sänka med en brant framför mig. Det var inget fel på platsen, men det kom ingen älg på hela dagen, fast jag kunde höra hundskallen i närheten och jag hörde hur en Olle Nyström sköt mot något några kilometer ifrån där jag satt. Solen höll på att gå ned bakom träden vid branten, så jag tänkte jag skulle packa ihop och bege mig hemåt med oförrättat ärende. Då plötsligt hörde jag något som knaka i buskarna. Ljudet kom uppifrån branten så jag la bössan på axeln och väntade och då plötslig ut ur skogen kom den. Det var fruktansvärt! Ett monster! Ni måste varna folk!

Evert: Ja, men berätta då vad du såg karl!

Nyman: Det var ett monster, den var lika hög som träden och det frustade och fnyste och ansiktet var enormt, fullt med utväxter som gigantiska käftar som klapprade med sylvassa tänder, och bena, sanna mina ord de var lika många som hos en spindel. Det måste ha varit en spindelälg som rusade ut ur skogen mot mig. Ett sånt hiskeligt odjur har jag då aldrig sett. Ja, inte tänkte jag stanna kvar och möta mitt öde inte, utan jag tog till bena och sprang det snabbaste jag kunde för att varna folk, och så kom jag direkt hit för att anmäla det hela.

Evert: Hur mycket hade Nyman druckit innan den så kallade spindelälgen dök upp?

Nyman: Vad har det med saken att göra?

Evert: Svara bara på frågan! Du vet väl att det är brottsligt att ljuga för polisen?

Nyman: Ja, någon kaffegök blev det ju. Det var ju så fasligt kallt förstår en Näslund och man måste hålla värmen när man sitter på pass. Men jag svär på min mors grav att det är sant allt jag säger. Det finns en monstruös spindelälg uppe vid Lomtjärna. Näslund måste varna allmänheten så ingen kommer till skada.

Evert: Jag ska läsa ett utdrag ur ett annat förhörsprotokoll som jag höll för någon timme sedan med Olle Nyström, som du som sagt är bekant med. Det rör sig om ett eventuellt jaktbrott och ger ett nytt sken på din så kallade spindelälg. Nyström satt som sagt på pass några kilometer från dig när det plötsligt kommer två ståtliga tolvtaggare ut från skogen och börjar stångas med varandra vid myrkanten. Nyström lägger geväret till axeln och skjuter, men liksom du har han suttit och druckit kaffegök hela dagen och missar skottet. Den ena älgen blir skadeskjuten och rycker till, men inte nog med det, den stackars älgen trasslar in sig i sin kombattants horn och desperata försvinner de bägge in i skogen uppemot Lomtjärna hållet. Så det du såg i fyllan och villan var alltså de två intrasslade älgtjurarna i en desperat dödskamp. Så nu måste jag och mina mannar ge oss ut i mörkret och söka efter dem för att göra slut på de stackars djurens lidande. Men när jag kommer tillbaka kommer jag att ta i tur med er era förbannade fyllbultar. Sanna mina ord!

Hibert drog på smilbanden över den dråpliga historien han hade läst i protokollet. Sedan klev han upp från soffan och gick bort till bokhyllan. Han hittade snart vad han sökte. Från bokhyllan tog han ner Holger Bromans uppslagsverk "Norrländsk mytologi – väsena och varelserna i skog och vatten" och bläddrade i den. Han hade kommit ihåg rätt. Holger skriver om spindelälgen. Han läste stycket:

Spindelälgen. En monstruös varelse som ska ha skymtats kring Lomtjärna sedan 1700-talet. Den dyker ofta upp i skymningen under höstmånaderna. Beskrivs som en jättelik älgliknande gestalt med åtta ben som en spindel. Huvudet groteskt stort med utväxter av horn och käkben. Spinner ett slags nät i skogen som påminner om skägglav med vilket den fånga vilsna vandrare och kreatur som den sedan äter upp.

Blykistan

Vi satt i köket. Nikko Hirvenpää och jag. Jag hade gjort pyttipanna med ägg och rödbetor. Det hade varit en lång dag. Vi hade varit ute i Finnmarken och fiskat och nu satt vi där trötta och teg och åt pyttipanna och drack en kall öl till. Efter maten lutade sig Nikko tillbaka i stolen och sträckte på sig.

-Det var gott det här Hilbert. En kopp kaffe på det här så.

-Naturligtvis ska vi ha kaffe och en konjak det förtjänar vi svarade jag och reste mig från bordet och gick bort till kaffekokaren.

Under tiden började Nikko att bläddra i ett par böcker som låg på köksbordet.

-Det var länge sedan jag läste den här.

-Vilken då? undrade jag och såg upp från kaffeburken.

– Pelle Nordlanders "Bland träbaroner och fabrikörer. Guldåldern längs norrlandskusten". Nikko bläddrade i boken och stannade upp på en sida. Johan af Petersen sa han eftertänksamt. Det påminner mig om en intressant historia som skulle passa till kaffet och konjaken. Vi ska kanske slå oss ner i salongen? Det är lite bekvämare tycker jag.

När kaffe var färdigt hällde jag upp det i var sin kopp och hällde sedan upp varsin konjak åt oss. Vi satt i salongen och sippade på konjaken när Nikko tog till orda.

-Jo Johan af Petersen som sagt. Han föddes som en i potatispärsonsläkten, det var först när han kommit upp sig i världen som han bytte namn till af Petersen, det lät väl bättre än en vanligt sketen Pärson kan jag tänka mig. Johans föräldrar var bönder men de hade en ganska dålig jordlott uppe vid Nyböle. Det var en mager jord som knappt gav föda för dagen, men de hade mycket skog, men det var på den här tiden innan skogsindustrin började expandera så den ansågs inte vara värd så mycket. När Johan tog över gården vid sekelskiftet så hade skogsindustrin började blomstra längs norrlandskusten och Johan var en duktig och klipsk affärsman och förstod värdet på skogen och började därför handla och köpa skog i trakten och byggde snart upp en stor förmögenhet. Han gifte sig sedan men en kvinna från Johanssonsläkten, det var en gammal prästsläkt som ansågs lite finare i kanten då man hade en del kända poeter i släkten, som du vet. Så man kan väl säga att det var mer ett ekonomiskt äktenskap än kärlek involverat, han hade pengarna och hon hade anor. De fick flera barn men det var bara ett som överlevde till vuxen ålder.

Det var tänkt att Adam Johan af Petersen, som sonen hette, skulle ta över familjens förmögenhet och den stora herrgården som fadern hade byggt vid älvkanten borta vid Köja. Så man skickade iväg sonen till Uppsala för att studera ekonomi och juridik för att kunna förvalta familjens egendom. Men det blev väl si och så med studierna. Någon examen blev det iallafall inte utan Adam verkar mest ha använt sin studietid till att festa och umgås med olika suspekta personer. Det var också i Uppsala han träffade på en avlägsen släkting till mystikern Swedenborg, Erik Svedberg, vars far drev ett ockult bokförlag i Stockholm. Bokförlaget "Det fördolda" finns ju fortfarande kvar som du vet. Det var också genom Erik Svedberg som Adam blev introducerade i mystik, spiritism, ockultism och inte minst spökhistorier som blev hans stora passion genom livet.

Adams föräldrar omkom tragiskt under en båtresa på Ångermanälven och han fick därför avbryta sina studier för att ta över familjens egendom. Han hade väl egentligen inget intresse för skog, affärer och sånt, så det kunde ha gått riktigt illa med den förmögenheten, men han hade förnuftet att anställa en riktig bra och pålitlig advokat som genom åren förvaltade egendomen så han inte behövde bekymra sig om det. I stället kom han att ägna en stor del av livet åt sin passion, spöken, gastar och andar. Herrgården i Köja utvecklades till ett nav för spirituella seanser och andliga ceremonier och hans spökkvällar var beryktade. Den 13:e varje månad bjöd han in olika personer till herrgården i Köja där han bjöd på mat och dryck mot att man senare på kvällen skulle berätta en spökhistoria.

Jag blev själv inbjuden en gång i min ungdom. Det var en praktfull byggnad fylld med stora kristallkronor, gamla tavlor, persiska mattor och dyra möbler. För en som vuxit upp i ett litet hus i ett köldhål var det som om att komma in i ett slott. Middagsbordet var dukat med linnedukar, kinesiskt porslin, silverbestick och kandelabrar, och maten ska vi inte tala om, flera exklusiva rätter med utsökta viner till. Det vattnas i munnen när jag tänker på det, trots att jag fortfarande är mätt efter middagen.

Efter middagen flyttade vi in oss i biblioteket. Det var också riktigt praktfullt, men inbyggda bokhyllor fyllda med gamla läderband. Ut mot älven vette höga fönster, det fanns en stor öppen spis med en tänd brasa, röda skinnfåtöljer, ett biljardbord och antika jordglober, ja du vet, ett sånt där riktigt fint ålderdomligt bibliotek. Medan jag gick runt och tittade på boksamlingen kom jag i samtal med Torsten Andersson, som var i min ålder och som regelbundet brukade bli inbjuden till herrgårdens spökkvällar. Det visade sig sen att det vare en person med mycket livlig fantasi som verkligen kunde slänga ihop en spännande spökhistoria. Torsten gav senare ut en antologi med flera av sina egna och andras spökhistorier som han hade hört under spökkvällarna på herrgården. Jag har för mig att den hette något i stil med "Spökkvällarna på Köja"? Förresten är du väl bekant med hans son Anders Andersson? Den livliga fantasin verkar gå i släkten.

Jag hade iallafall märkt en del besynnerliga saker i biblioteket som jag passade på att fråga Torsten om. På en sektion stod till exempel alla böcker med ryggen inåt väggen. Varför då undrade jag förstås? Jo, förklarade Torsten de hyllorna innehöll vår värds sällsynta samling av spökberättelser och han gillade inte hur böckerna tittade på honom när han var ensam i biblioteket, så därför hade han ställ ryggarna mot väggen för att undkomma deras blickar. Det andra jag undrade över var hur biblioteket vara ordnat. Jag hade inte fått något grepp om hur böckerna var placerade när jag skummade igenom hyllorna. Var det ordnade efter ämne, kronologiskt, inköpsdatum, eller vilket system hade man använt sig av frågade jag? Torsten berättade då att det inte fanns något system i biblioteket, utan det var en annan egenhet hos vår värd att han dagligen flyttade omkring böckerna. Med titlarna på ryggen brukade han nämligen skriva poesi. Varje hyllrad blev en strof i en dikt skapad av bokens ryggtitel och en hel hylla blev själva dikten. Jag kontrollerade förstås påståendet och det stämde verkligen. Varje hyllrad utgjorde en strof och en hel hylla blev en dikt. Det var visserligen märkliga och obskyra dikter, men jag förstod att det var välskrivna dikter av en som kunde sin sak.

Nu hade det iallafall blivit dags att slå oss ner runt brasan och börja berätta spökhistorier. Vi hade fått var sin konjak och en fin cigarr. Vi var fem stycken och turades om att berätta olika spökhistorier under kvällen. När det var min tur berättade jag en historia som min far hade berättat för mig. Det handlade om hur han en riktigt kall kväll innan jul hade eldat upp bastun och suttit och jullögat sig som han brukade säga. När han steg ut i den bitande kylan hade en vit gestalt ljudlöst kommit svävande ut från den mörka skogen över snön och rakt mot honom. Stel av fasa hade farsan stått som fastfrusen medan gestalten hade seglat förbi honom och med en iskall hand nuddat honom innan den svävade vidare över gården. Farsan var inte den som frös i första taget, men nu kände han sig kall in i ben och märg och han var likblek när han steg in i stugan där han mötte min mor som undrade vad som hade hänt? När farsan berättade om den spöklika gestalten från skogen fnyste morsan och sa att nu har du väl tagit en julsup för mycket. Men farsan svor på att han inte druckit mer än vanligt och han visste nog vad han hade sett. Det var en osalig skogsande som hade skrämt upp honom. Morsan trodde inte på honom utan gick ut i kylan för att se efter själv. Efter ett tag kom hon tillbaka med spöket under armen. Din tok skrattade hon åt farsan. Det här är ju lakanet som jag hängde ut på tork förra veckan och som stormen slet från tvättlinan och som sen försvann in i skogen. Det har väl stelnat i kylan och blåst omkring i skogen som ett osaligt spöke innan det äntligen hittade hem igen.

När jag var klar med min historia var det nästan midnatt. Över Ångermanälven lyste fullmånen och dess spöklika sken letade sig in genom bibliotekets fönster och kastade sitt sken på en blykista som stod på ett bord borta vid fönstret. Kistan verkade gammal och låst med två rejäla hänglås. Jag kunde inte låta blir att fråga vår värd var det var för kista? För den verkade inte riktigt höra hemma i ett bibliotek.

Adam af Petersen såg på mig och log. -Ja det är en passande fråga en sån här kväll svarade han. Det finns böcker som berättar historier för dig när du öppnar dem, men det finns också farliga böcker som viskar åt dig. Som kallar och lockar på dig för att du ska öppna dem och avslöja deras fasansfulla hemligheter. Dessa böcker måste man akta sig för så de inte slukar en och dra ner en i den bottenlösa svarta avgrunden av galenskap. När jag läste i Uppsala träffade jag en intressant person. Han hette Erik Svedberg och var släkt med mystikern Swedenborg. Han berättade att Swedenborg i en ännu opublicerad dagbok från hans sista år i livet, skriver och varnar läsaren om en farlig bok som heter Liber Albus: "Inte ens himlens alla änglar och Gud eviga försyn förmår att beskydda mig från de förföriska viskningarna och löftena från Liber Albus. Jag gjorde misstaget att öppna denna port till helvetet och redan den första raden höll på att kosta mig mitt förstånd. Jag kan inte längre ha den hemma utan har skickat iväg den till hemlig ort för att få frid, men ännu kan jag höra hur den viskar i mina drömmar och kallar på mig. Jag befarar att min tid snart är kommen. "

Som ni förstår så blev jag inte skrämd av Swedenborgs varning utan snarare lockad att hitta boken. Det tog mig många år och en hel del pengar att lokalisera den. Jag följde den genom historien genom snirkliga och besynnerliga vägar till den slut dök upp i våra trakter. På något sätt hamnade den i Fredrik Bokmans gedigna bibliotek och sedan i biblioteket i Habborn och slutligen i ett antikvariat i Lund som jag av händelse besökte på jakt efter boken. Innehavaren av antikvariatet visste nog inte vilken dyrgrip han hade fått tag i eller så ville han bara bli av med boken, för jag köpte det relativt billigt. Det var en liten bok i oktavformat bunden med vitt älgskinn. När jag tog boken i min hand fick jag en obehaglig känsla. Det var som om världen plötsligt hade blivit gråare, solen skens verkade svagare och skuggorna blev längre fast det var mitt på dagen och klarblå sommarhimmel.

Jag hade planerat att läsa boken så fort jag kom tillbaka till mitt hotellrum. Men i hotellreceptionen hejdades jag av ett brådskande meddelande från min advokat som sa att jag genast måste skynda mig hem för att ta itu med viktiga familjeangelägenheter. Sett så här i efterhand var det nog Guds försyn som hindrade mig från att öppna boken den dagen. När jag kom hem la jag boken på mitt skrivbord i biblioteket och tog genast tag i de brådskande ärenden. Under natten sov jag oroligt och vaknade av en röst ur mörkret. Det lät som någon sjöng med låga dova toner: "De ut te" jag kallar dig. "Um te du" öppna och läs. "Zum um dum" allt ska tillhöra dig. Som hypnotiserad följde jag rösten ner till biblioteket. Precis som idag lyste en fullmåne över Ångermanälven och kastade sitt sken över boken som låg på mitt skrivbord. Skillnaden var att den natten var det en blodmåne och det såg ut som om det rann blod från boken när månskenet speglade sig i det vita älgskinnet.

Jag var på vippen att öppna boken när ett plötsligt högt ljud fick mig vakna upp ur mitt feberaktiga tillstånd. Det var min katt som hade hoppat upp på spiselkransen i biblioteket och råkat välta ner en gammal antik vas som krossades mot golvet. I vanliga fall hade jag blivit arg på katten, men nu kändes den som om den hade räddat mitt liv. Jag insåg att boken var livsfarlig precis som Swedenborg hade varnat för, men jag kunde inte gärna göra mig av med en sådan dyrgrip. Jag lyckades istället hitta det där blyskrinet, som ni ser där borta vid bordet, hos ett antikvariat i Styrnäs. Ägaren berättade att skrinet hade använts under häxprocesserna för att låsa in trollformler och besvärjelser som man beslagtog under processerna. Skrinet hade mäktiga krafter och skyddade de som utredda brotten mot trolldom och Djävulens makter. Så nu ligger den vita boken i säkert förvar inlåst i kistan och jag kan sova gott på nätterna. Men jag skulle inte gå för nära kistan. Även om den har ett starkt skydd mot magi kan jag ibland höra hur boken viskar och kallar på mig när jag sitter ensam i mitt bibliotek och arbetar.

Men nu var det ju inte det jag tänkte berätta om. Utan om när jag mötte Tjärnens väktare i närheten av Lomtjärna och så började Adam af Petersen att berätta sin spökhistoria med sin mörka och intensiva röst. Jag kommer inte ihåg så mycket om själva berättelsen, utan jag stirrade mest på blykistan och tänkte på det fasansfulla innehåll som den innehöll. Jag fick aldrig möjlighet att komma tillbaka till herrgården för att fråga mer om boken eller lyssna på fler spökhistorier. Jag gissar att min spökhistoria inte var tillräcklig bra eller spännande för att bli inbjuden igen.

Något år senare blev Adam tokig. Det sägs att han under en seans kom i kontakt med en uråldrig demon från Mellanöstern som kallade sig Ul Ur Zot eller något liknande. Han tillbringade sedan ett halvår på Björknäs mentalsjukhus innan han avled, av skräck sägs det. Herrgården såldes efter hans död och boksamlingen splittrades. Vad som hände med blykistan och den mystiska boken vet jag inte.

Vi satt tysta en stund och avslutade vår konjak. Sen reste sig Nikko på sig och sa att det var väl dags att bege sig hemåt och lämnade mig med mina funderingar. Det var en märklig historia tänkte jag, men jag fick inte ihop det. Om Liber Albus hade funnits redan på Swedenborgs tid vad var det då för bok som munken Septonius påstås ha framställt under 1800-talet med Djävulens hjälp i sin skvaltkvarn? Var det egentligen samma bok eller fanns det två olika böcker? Hilbert förstod att han måste försöka leta reda på den version som skulle finnas någonstans i Spegelbiblioteket om han skulle få svar på sina frågor. Men han tvekade ännu mer nu efter att ha hört Nikkos historia. Ville han verkligen hitta denna fasansfulla bok?

Inte ett barr

Sven och Stig Karlsson var enäggstvillingar. De var inte bara lika till utseende utan även till sättet. De delade också samma intressen framför allt för litteraturen. De brukade låna varandras böcker och ibland turades de om att läsa högt för varandra. De hade alltid samstämmiga åsikter och synpunkter på böckerna de läste, ja, de tyckte i princip samma sak om allt de gjorde och läste.

Men så en kväll, de måste väl ha varit i 17-årsåldern, när de låg på golvet och läste i Gustav Hägglunds banbrytande filosofiska verk "Träfaktor Stockar-Virkespriset", då inträffade något som skulle förändras deras världsbild för alltid. De turades om att läsa de olika teserna för varandra och diskutera sedan vad de kunde betyda, men när de kom till tesen 7.7.7 som lyder: "Ingenting är allting och allting är ingenting, men ett barr är ändå ett barr" hände något. Plötsligt hade de olika åsikter och tolkningar om vad texten betydde. De var så fast övertygade att deras egen tolkning var rätt och den andre brodern helt hade missförstått innebörden att det blev en infekterad diskussion som ledde till ett våldsamt gräl och en uppslitande konflikt mellan bröderna. Tesen 7.7.7 blev ett vägskäl i deras liv. Från den dagen vägrade de helt enkelt att prata med varandra och de gick skilda vägar genom livet. De skulle efter den händelsen aldrig träffas eller prata med varandra igen.

Vad var det då som de bägge bröderna hade läst in i texten och som kom att för alltid att förändra deras annars så samstämmiga syn på livet? Jo, Sven hävdade bestämt att Gustav Hägglund menade att allt redan fanns och var skrivet. Det behövs egentligen inte skrivas något mer utan det gäller bara att komprimera all text till nästan ingenting och där skulle man hitta det ursprungliga, det sanna, barret i texten så att säga, som skulle förklara meningen med livet. Stig å sin sida menade att nästan ingenting var skrivet, det återstod oändligt mycket att skriva, det som hittills hade producerat av världens intellektuella var nästan lika med noll. Det var i överflödet, i det myckna som man kunde hitta sanningen. Texten var som ett gigantiskt pussel och alla böcker var pusselbitar som måste sammanfogas till en större helhetsbild, precis som varje barr måste fogas samman för att bilda en gran som är något helt annat och mycket större än det enskilda barret.

Sven började därför plöja igenom alla böcker han kunde hitta i en osannolik hastighet och försökte sedan reducera allt som fanns skrivet till en enda mening. Han sammanfattade och strök ner, suddade ut och började hela tiden om. Det var som om han skrev samma mening om och om igen utan att någonsin blev klar. Stig å sin sida öppnade aldrig en enda bok under resten av sitt liv. Hur skulle han hinna med det? Han måste hela tiden skriva för att täcka in alla luckor och fylla ut litteraturen med det som saknades. Hans böcker, eller rättare sagt hans bok svällde ut till en barock överlastad historia med oändliga karaktärer och nya sidohistorier som förgrenade sig i nya sidohistorier. Det blev en omfångsrik berättelse som inte verkade ha något slut.

Det var inte bara deras förhållande till litteraturen som skilde sig åt utan även deras livsstilar. Medan Sven plöjde igenom böcker och frossade i olika texter, så levde han ett väldigt spartanskt och asketiskt liv precis som den mening han försökte skriva. Han åt nästan ingenting och blev mer åren allt magrare och allt mer utmärglad. Medan Stig frossade och åt kopiösa mängder av mat och godis medan han satt vid sitt skrivbord och författade sina omständliga texter, vilket ledde till att han med tiden, av förståeliga skäl, blev ganska korpulent.

Trots att bröderna hade skiljts åt i de övre tonåren och aldrig såg varandra igen, så måste det ha funnits ett osynligt starkt band mellan dem, för med bara några timmars mellanrum avled bägge två vid 47 år ålder. Det märkliga var att när man började städa ut deras hus så råkade man jämföra de två sista texterna som bröderna hade skrivit på under sin livsstil. Stigs manus med tusentals sidor avslutades med raden "av livet förstod jag inte ett barr, men..." och på Svens söndersuddade papperark som låg på skrivbordet stod exakt samma ord skrivna.

Bröderna hade också nedtecknat en sista vilja i händelse av sin död. Märkligt nog var den också identisk. De ville bli begravda i familjegraven i en enkel furukista med Gustav Hägglunds bok "Träfaktor Stockar-Virkespriset" tätt tryckt mot bröstet. Så nu vilar bröderna sida vid sida i familjegraven uppe vid Gudmundrå kyrkogård. Men vem av bröderna hade då haft rätt i sin tolkning av Hägglunds tes 7.7.7? Hägglund har själv svarat på detta i en intervju genom att i sin tur citera en annan känd författare: "Att rätt förstå en sak och samtidigt missuppfatta den utesluter inte helt vartannat." Men säger ni, ja just det, men är precis vad det handlar om...

Poesistaden

Novellen "Poesistaden" är hämtad ur novellsamlingen "NostradAlus och andra fantastiska berättelser" från 1929 av Folke Arvidsson (1901-1935).

En johansson satt i bastun efter en lång och hård arbetsvecka. Han hade korkat upp en flaska brännvin och satt mellan klunkarna och njöt av värmen och lyssnade på björkveden som knastrande i gjutjärnskaminen. I granskogen utanför bastun susade vinden tungt och hemtamt. Han kände sig varm, avslappnad och berusad. Långsamt sjönk han ner i drömmens mjuka famn.

När han vaknade var han kall och stel i hela kroppen. Det krävdes några rejäla åkarbrasor för att få tillbaka värmen igen. När han hade klätt på sig och stod utanför bastun kunde han förvånat konstatera att det redan var gryning. Ännu mer besynnerligt var det att all snön hade smält bort och det kändes som vår i luften, fast han bestämt visste att det hade varit kallaste vintern i går kväll. Det är kanske något med klimatförändringarna att göra tänkte en johansson och började traska ner mot staden.

Han kände inte heller riktigt igen sig i skogen. Den såg annorlunda ut på något sätt. Han var nästan säkert på att det i går hade stått en liten gran borta vid stenen, men nu låg där en rotvälta som var minst 100-år gammal. När han kom in i staden blev han ännu mer förvirrad. Han kände inte alls igen sig. Jag måste ha gått vilse i skogen och hamnat någon annanstans, men var är jag? funderade en johansson för sig själv. På torget hade det samlat en stor skara människor. Det var någon form av möte, för framme vid scenen stod två äldre herrar och pratade. En johansson vände sig till en man i publiken och undrade lite försynt.

-Ursäkta mig, men kan ni säga mig var jag är någonstans? Jag skulle till Kramfors men måste ha gått vilse i skogen.

Mannen såg förvånat på en johansson och granskade honom från topp från tå.

-Ni låter inte som en poet anmärkte mannen. Kramfors? Det var länge sedan jag hörde det namnet. Det var vad de gamle brukade kalla den här platsen förr, men det var för över 100 år sedan. Nu heter den Poetica efter vår grundare överpoeten Arne Bäckberg. Ni känner nog inte till historien eftersom ni inte är från trakten? Det var så att Arne Bäckberg arbetade som en vanlig tjänsteman på kommunen där han under många år höll på med det epokgörande verket "Solen är gul och andra poetiska fotnoter". På sin 60-åriga födelsedag fick han av en bekant Axel Kocks utmärkta bok "Anmärkningar om 1600-talets svenska verskonst". Den boken kom att förändra Bäckbergs hela liv. Fylld av nya idéer, framåtanda och energi avancerade han snabbt i den kommunala hierarkin, från tjänsteman, till stadsplanerare och slutligen kommunalråd, och det var under hans tid som kommunalråd som han lade grunden för idealsamhället Poetica, byggt på poesins ädla och rena verskonster.

En johansson fick verkligen anstränga sig för att förstå vad mannen sade för han talade nämligen på högtravande hexameter. [*Red. anm. För att dagens läsare, som är ovan vid diverse poetiska versmått och som har svårt att skilja på en troké och en daktyl ska kunna hänga med i historien har berättaren därför valt att översätta allt som sägs till prosaisk prosa.*]

En johansson kände sig alltmer förvirrad. Skulle det här vara Kramfors och hade han verkligen sovit i 100 år? Han vände sig mot mannen igen och frågade.

-Säg mig vad är det som pågår där framme?

-Det pågår val av ny överpoet i staden. Ni förstår den förra överpoeten fick sparken. I en offentlig debatt där sonettpoeterna krävde att antalet rader skulle öka från 14 till 16 försökte överpoeten i desperation sig på ett nödrim vilket blev en stor skandal. Efter det kunde han naturligtvis inte sitta kvar. De nya kandidaterna för posten håller som bäst på att lägga fram sina slutdikter. Som du märker använder man grötrim för att vanligt folk bättre ska förstå vem man ska rösta på. Metaforer och liknelser har folk så svårt att förstå sig på nu för tiden. Men nu tror jag visst de har kommit till slutstrofen. Vi går närmare så vi kan höra vad som sägs.

Den första kandidaten steg fram till scenkanten och deklamerade: "Jag är den bästa, bara kolla / Det jag inte snor får ni behålla" Vilket möttes av ett stort jubel från publiken. Nu steg den andra kandidaten fram. "Jag lovar inom kort extra ordstöd / gratis rim på nöd och död" Vilket i sin tur möttes av rungande applåder.

-Det kommer att bli ett jämnt val förklarade mannen medan publiken började skingrade sig. Men säg mig, jag skulle inte få bjuda er på middag? Det skulle vara intressant att få diskutera poetiska referenser med en utomstående. Vilka versmått är populära där ni kommer från och om ni föredrar troké eller daktyl? Låt mig förresten presentera mig själv Gert Tjärnhjälm, andre versifikatör vid Poesiverket, ansvarig för bland annat daktyler.

Efter att ha sovit i 100 år så kände sig en johansson sig ganska hungrig så han tackade genast ja till erbjudandet om middag och följde med Gert Tjärnhjälm till hans bostad. Medan de promenerade beundrade en johansson stadens raka gator och vita byggnader.

-Säg mig, sa en johansson. I en sån här fin stad finns det väl inga arbetare kvar som behöver slita ut sig på det löpande bandet i smutsiga fabriker?

-Tyvärr har automatiseringen inte kommit så långt som vi hoppats på. Våra forskare på Poesiverket arbetar för fullt med att försöka skapa en poesimaskin som ska ersätta all mänsklig inblandning i den poetiska processen, men de har sedan några år tillbaka tyvärr fastnat i en infekterad diskussion kring Axel Kocks forskning. Det finns två falanger den ena anser att man ska prioritera forskningen kring vokalförlust, särskilt i ordslut medan den andra falangen förordar att man ska koncentrera sig på ljudförsvagning i accentlösa ord. Innan den frågan är löst får vi fortsätta att förlita oss på enkla diktare som skapar vardagspoesi. Ser ni den stora byggnaden där borta? Det är företaget Ord och Dikt som har över tusen anställda som dagarna i ända producerar blankvers på löpande band. Ett ganska monotont och tråkigt arbete om jag får säga det själv, men blankvers är en stor och viktig exportvara i Poetica. Det är bara julklappsrimmen som kommer upp i samma volymer, men de är ju såklart väldigt säsongsbetonade och sysselsätter främst utländska diktare som kommer hit några månader per år för att tjäna lite extra pengar på enkla strofer.

De passerade en parkbänk där det satt några suspekta individer och pratade. Plötsligt rusade en av dem upp och utbrast högljutt "Jolifanto bambla o falli bambla!"

-Vad sa han? undrade en johansson förskräckt när de skyndade förbi mannen som fortsatte skrika efter dem.

-Lyssna inte på den galningen. Han lider uppenbarligen av någon ism svarade Gert upprört. Akta dig för dem. Det är sekunda poeter som sysslar med fri poesi och obunden vers. Till slut blir de så desperata att de börjar med experimentell diktning, ljudpoesi, konkret poesi och alla andra möjliga farliga uttryck. Det sitter och väntar på att Poesibolaget ska öppna så de kan köpa sig några billiga häften tillfällighetspoesi som de sedan läser högt ur för varandra. Jag förstå inte hur man kan läsa den smörjan. Köper jag en diktbok så vill jag ha något klassiskt, det ska vara ett gediget hantverk, kanske penta- eller hexameter med utsökta metaforer och fina allitterationer eller något mustigt, som en barock pastoral. Det är riktig poesi som man kan njuta av och inte sånt där billigt tillfällighetstjafs som man bara blir yr i skallen av. Men nu är vi framme hos mig. Välkommen in.

En johanssons steg in i Gerts bostads. Det var sparsamt inrett men längs väggarna stod bokhyllor överfulla av böcker i olika storlekar och färger.

-Varsågod och slå dig ner vid bordet. Vad ska jag bjuda på? Kanske en rykande färsk canzona eller något exotiskt som haiku? Eller föredrar du något mer traditionell som en alexandrin eller kanske något enklare som en limerick? Men nu vet jag, vi ska såklart ha en sonett! Gert plockade genast fram en bok ur bokhyllan och satt sig vid bordet. Han slog försiktigt upp boken och började läsa högt.

En johansson bara stirrade på Gert medan han läste dikten. Men plötsligt kände han hur munnen liksom fylldes av olika smaker och när han svalde kände han hur magen fylldes och det började spänna runt byxlinningen. När Gert hade läst klart och lagt ner boken var en johansson både mätt och belåten.

-Men ni ser trött ut? utbrast Gert. Var sonetten för svårsmält kanske? Vad tänkte jag på! Vi skulle förstås tagit en limerick. De är enklare att smälta för er ovana poeter. Ni ser ut att behöva en rejäl bastu så ni piggnar till igen.

-Har ni bastu? undrade en johansson hoppfullt.

– Naturligtvis, den stora bastupoeten Yngve Gustavsson har alltid varit en stor inspirationskälla för mig personligen. Jag anser att varje sann diktare bör ha en egen bastu. Låt mig visa var den finns

En johansson satt snart i bastun. Men det fanns ingen kamin eller annan värmekälla utan bara en stor högtalare ur vilken det strömmade en mässande röst. En johansson tyckte att rösten var ganska monoton och tråkig och det sista ha hörde innan han somnade var "Bort med papper, och bläck; bort böcker, cirklar, och pennor..."

När en johansson vaknade upp frös han och upptäckte att han satt i sin gamla bastu igen. Det var en märklig dröm tänkte en johansson när han stod i vinterkylan och stirrade upp mot den klara stjärnhimlen.

Den oläsbar

Hilbert Broman höll på att raka ut askan ur den öppna spisen för att kunna tända en ny brasa då han hörde Nikko Hirvenpää harkla sig bakom ryggen. Något som brukade betyda att Nikko tänkte berätta en ny historia. Och mycket riktigt.

-Askan påminner mig om en märklig författare. Det är egentligen en hel släkt med besynnerliga författare. Känner du förresten till brus-Öjvind borta i Östby?

-Jo, honom har jag hört talas om. Han är ett slags medium som kan spå i TV-bruset?

-Precis. Han tillhör släkten Högberg och den här historien börjar med hans farfars farfar Östen Högberg som levde i slutet av 1800-talet. Östen var en klok man och en riktig berättare. Vilka skrönor och historier kunde inte den mannen berätta. Han var vida känd för sitt välsmorda munläder, men han kunde inte skriva. Då menar jag inte att inte lärt sig skriva och läsa, det kunde han, men allt han skrev blev oläsligt för andra. Han kastade om ord och bokstäver huller om buller så det såg ut som en hemlig kod som ingen förstod sig på. Idag skulle vi säga att han led av en grav dyslexi, men det kände man inte till på den här tiden, så det började gå rykten om att han var i maskopi med den onde och skrev hemliga besvärjelser i sin bok.

Han avled redan vid 40-års åldern så ryktena blev det inte mycket av med, utan det rann ut i sanden. En del av hans skrönor har levt kvar, men det mesta är glömt idag. Vilket är synd. Östen fick iallafall en son som hette Öder. Det var också en klok pojke och skriva kunde han. Den där dyslexin hade visst hoppat över någon generation. Han fick ärva sin fars bok med alla de oläsliga texterna, men inte ens han kunde läsa dem.

Öder skrev också böcker, ja, han skrev en bok, men sen fick han för sig att han skulle elda upp boken och av askan gjorde han bläck som han sedan använde för att skriva en ny bok med, som han i sin tur brände upp och gjorde nytt bläck av. Jag tror han var inspirerad av myten om fågel Fenix, du vet fågeln som brinner upp, men sedan stiger upp pånyttfödd ur askan. Det var som om askan av den uppbrända boken blev ett nytt lager med bläck i den nya boken. När han blev svårt sjuk i femtioårsåldern och insåg att hans tid snart var ute så eldade han upp den sista boken han skrivit och la askan i en glasburk.

-I den här burken finns hela mitt författarskap samlat, brukade han säga. Sju böcker med de allra märkligaste berättelserna och skrönorna som jag hört berättas av min far och en hel del andra besynnerligheter. Ni skulle knappt tro det om ni kunde läsa dem.

När Öder dog fick i sin tur hans son Örjan ärva både farfaderns oläsbara bok och faderns burk med aska. Nu visade det sig att Örjan hade drabbats av samma svåra dyslexi som sin farfar. Allt han skrev blev helt obegripligt. Hans lärare höll på bli galen på pojken som inte ens kunde stava till de enklaste ord, men han var en smart pojke, och lyckades ta sig igenom skolan tack vare att hans lärare till sist lät honom göra alla proven muntligt. När fadern dog fick Örjan som sagt ärva Östens oläsbara bok men när han öppnade den så märkte han att han hade inga problem att läsa texten. Det var klart som korvspad vad andra ansåg vara oläsligt. Örjan fick i sin tur en son Öjvind, det vill säga brus-Öivind. När Öivind blev lite äldre började han intresserat sig för sina märkliga släktingar och fick sin far att läsa högt ur Östens bok som han själv inte kunde läsa eftersom dyslexin verkade hoppa över en generation.

Det måste ha stått något i boken som gjorde att pojken började intressera sig för det spirituella. Han sökte sig ut i finnmarken och letade upp gamla trollkarlar, siare, kloka gummor och andra märkliga människor som ansågs stå i kontakt med andevärlden. Nu fanns det inte så många kvar av den gamla stammen, många hade hunnit dött, men några lyckades han i alla fall hitta. Det var speciellt en gammal nåjd som hade sitt sommarviste i en gammal kåta i trakterna av Lomtjärna som han tillbringade en hel del tid med. Det var genom nåjden som han fick vetskap om hur man bygger ett trollbord. Ett trollbord är ett litet bord med tre ben och en rund skiva, vissa säger att det ska göras i al, men här i trakten är fur mer vanligt. Furen ska huggas i månskenet och det finns många olika ritualer som man måste ta hänsyn till när man ska sätta ihop det för att det ska fungera. Spik eller metall får man absolut inte använda, det skrämmer bort andarna, och träet ska vara obehandlat och naturligt. Ja iallafall så byggde Öjvind ett trollbord och lärde sig av nåjden hur man skulle använda det. Det har ett ja-ben, ett nej-ben och ett räkne-ben som också kan användas för att bokstavera med. Andarna kan vicka på bordet och svara ja, nej eller med en siffra. Snart fick han kontakt med andarna och börja även hjälpa människor genom att spå dem och förmedla kontakt med de avlidna. Sen upptäckte han en dag bruset. Det sägs att han slog på radion och det bara brusade ur högtalarna, men i bruset tyckte han sig höra en svag röst och desto mer han lyssnade och ansträngde sig desto tydligare hörde han rösten. Några år senare upptäckte han samma sak med TV:n. Han hade somnat i soffan framför TV:n och när han vaknade var det bara brus på skärmen, men i bruset kunde efter ett tag urskilja väsen som kom mot honom från andra sidan och pratade med honom. Jag har själv sett hur han suttit på en pinnstol framför TV:n och stirrat in i TV-bruset och sagt.

– De är här nu. Välkommen tomhetens budbärare. Gäster från intenheten. Er ödmjuke tjänare lyssnar.

Sedan brukade han lyssna noga på bruset och nicka instämmande och efter ett tag kunde han förmedla budskapet till den som sökt hjälp, om det så var en borttappad ring, kärleksproblem eller ett svar från en avliden släkting. Det sägs att han till och med kan spå med hjälp av gamla modem, du vet dem där som man kopplade till ett telefonjack och när man kopplade upp sig via datan så lät det så förfärligt?

-Det är i tomheten som man hör evigheten brukar han säga. Tystnaden har alla svaren om man bara lyssnar.

Och jag har själv prövat så jag tror han har gåvan. Det var så att jag för många år sedan byggde en ny bastu uppe vid Getberget. Men den ville inte bli riktigt varm. Hur jag än eldade så kom det aldrig upp över 90 grader. Jag kunde inte begripa det, så din far, den salige Helge Broman tipsade mig om att besöka brus-Öjvind för att få hjälp. Efter att brus-Öjvind hade suttit och stirrat in i TV-bruset en tid sa han till mig att bastun låg ovanför en källåder. Under bastun skulle det rinna en underjordisk bäck som kylde ner den. Jag var tveksam till det. Någon sådant hade jag aldrig hört att det skulle finnas, men jag hade iallafall en granne som var duktig med slagrutan så jag bad honom komma och undersöka saken. Och mycket riktigt slagrutan gav ett rejält utslag längs en linje som gick precis under bastun. Vi flyttade sedan bastun, med hjälp av traktorn, ett par hundra meter bort och vilken värme det blev sedan! Jag har sett härdade skogsfinnar som i panik kastat sig ut genom dörren när jag börjat elda på. Hetare bastu är nog svårare att finna.

Öjvind säger att han av de okända besökarna från intenheten har lärt sig att resa i tiden, ja, inte framåt, det är omöjligt påstår han, men bakåt i tiden. Det var så han lyckade läsa Öders uppbrända böcker. Det är ingen svårighet att läsa dem om man bara färdas bakåt i tiden, berättade han. Reser man bakåt i tiden så brinner boken baklänges, ur askan framträder sidorna, och när den har slocknat så kan man läsa hela boken, och sedan fortsätter man bara längre bakåt i tiden och så kan man läsa alla Öders böcker som brunnit upp. Jag frågade förstås vad de stod i böckerna. Då sa Öjvind att det var samma berättelse som Öder bara hade skrivit om. Han hade förbättrat och utvidgat den med åren. Men det var en fantastisk berättelse som handlade som Skatternas skatt. Men mer ville han inte avslöja.

Han berättade också att han själv har skrivit en bok som handlar om hur man reser bakåt i tiden. Jag blev förstås nyfiken och frågade om jag fick titta i den, och det fick jag, men det var bara blanka sidor.

-Varför är sidorna blanka? frågade jag.

-Jo, svarade Öivind. Jag skrev först boken, sedan suddade jag ut hela texten från början till slutet, men om man reser bakåt i tiden, så kan man se hur texten skrivs framför ögonen på en. Det är ju inte för vem som helst att resa bakåt i tiden förstår du väl, man måste ha gåvan för att klara av det. Ingen vanlig själ klarar av att stirra ner i tomhetens avgrund.

-Ja som sagt det är en märklig författarsläkt, men mycket kloka och trevliga människor enligt min mening.

Hilbert hade intresserat lyssnat på Nikkos historia. Han stoppade in några vedträn i den öppna spisen och tände på brasan. Medan elden tog sig funderade han var Skatterna skatt kunde vara för något.

Glaskulepoesi

Edvard Nylander hade varit hos Gösta Nordin i hans lada i Styrnäs för att se om han kunde hitta en ny isborr inför vinterns isfiske, men istället hittade han en flätad korg med ett tiotal glaskulor i olika färger. De var stora som en handflata och låg inbäddade i torr halm. Glaskulorna var fina och kunde passa som dekoration i hans fiskebod nere vid älven tänkte han.

– Jasså du vill köpa Nostradamus spåkulor? sa Nordin när Nylander kom fram med korgen till kassan. Det här är handblåst venetianskt glas från ön Murano från mitten av 1500-talet skulle jag säga. Bästa kvalité och mycket sällsynta. De har dessutom tillhört den kända spåmannen Nostradamus. Det var i dem här kulorna som han såg sina berömda profetior som han sedan skrev ner i sin bok. Vem vet vilka hemligheter som de kan avslöja om du tittar noga in i dem.
-Äsch, struntprat svarade Nylander. Det här är ju vanliga glasflöten för nät. Jag är ingen utböles turist som du kan lura med på dina uppdiktade skrönor. Du kan få en 50-lapp för allihop.
– 50 kronor?! De är ju ovärderliga! 100 ska jag ha minst.
-Du får 70 inte ett öre mer.
-Okej, men då är jag snäll ska du veta.
När Nylander kom hem med glaskulorna tog han fram en kökshandduk för att torka av smutsen och dammet som hade samlats på ytan under alla de år som de legat bortglömda i Nordins lada. Nu ville det sig inte bättre att en av glaskulorna slant ur handen och föll ner på köksgolvet och gick sönder.

Nylander stirrade på den trasiga kulan på golvet och hörde samtidigt en röst i rummet. Det var en något ålderdomlig dov röst och det lät som om rösten läste en dikt på ångermanländska. Nylander var alldeles för förvånad av den spöklika rösten för att lägga dikten på minnet. Bara några ord fastnade i huvudet: "det stora glaset " kom han ihåg att han hörde.

Det var ju mycket märkligt tänkte Nylander. Antingen håller jag på att bli galen eller så kom rösten från glaskulan. Men kan man verkligen stänga in en röst i en glaskula och vem tillhörde i så fall rösten? Han måste vara säker. Han gick därför och hämtade sin gamla kassettradio och satte i ett kassettband och tryckte ner Record. Han tog sedan en av glaskulorna ur korgen och släppte den mot golvet. Glaskulan krossades mot golvet och strax därefter hörde han rösten igen. Det var verkligen en röst som läste några diktrader. Förvånad och förundrad stängde han av bandspelaren och spolade sedan tillbaka bandet. Tveksamt tryckte han på Play. Tänk om det inte fanns något på bandet? Utan rösten bara fanns i hans huvud. Bandet började rulla, först var det tyst sedan hörde han hur glaskulan krossades mot golvet och sedan rösten. Den hade fastnat på bandet. Han var inte galen iallafall.

Men hur hade någon lyckats fånga en röst i en glaskula och vem tillhörde den? Han förstod att han inte skulle kunna lösa det här på egen hand, men han kände en som kanske kunde hjälpa honom. Han tog med sig korgen med glaskulorna och körde upp till den bromanska herrgården för att prata med den kända folklivsforskaren Helge Broman.

De satte sig i salongen och Helge lyssnade noga på Nylanders berättelse. Hur han hade hittat glaskulorna i Nordins lada och hur han hade tappat en av glaskulorna och hört rösten. De lyssnade på inspelningen och Helge studerade glaskulorna noga innan han tog till orda:

-Ja, det är verkligen märkligt. Jag har läst om dessa pratbubblor, i vissa länder kallas de häxflaskor och i andra minnesbubblor. Det var ett sätt att förr i tiden bevara eller skicka ett budskap. Man kunde skicka en budbärare med ett meddelande i en pratbubbla eller i mer ockulta sammanhang spara en besvärjelse eller en förbannelse i en häxflaska. Det här var innan det fanns några andra inspelningstekniker. Man kunde prata högt eller skrika in några korta meningar i glaset eller i flaskan och sedan snabbt försluta den. Orden ekade sedan omkring i det hermetiskt tillslutna glaset och när det krossades eller öppnades då hörde man ekot av rösten. Det finns inte så många kända pratbubblor kvar. De är ganska sköra och har gått sönder med tiden. Ekot blir också svagare och svagare för varje år som går, så efter par decennier brukar det bara vara en viskning kvar och sedan tystnar dem helt.

Det är ju lite märkligt för jag skulle säga att de här pratbubblorna är gjorda på Sandö glasbruk runt 1800-talets mitt. Det är strofer av poeten Niklas Faller som man hör. Han bodde på Sandö och arbetade som formgivare på glasbruket i början av 1800-talet, men det är inte han som läser dikterna, för han var akademiskt bildad och en berest man, och man märker på inspelningen att den här rösten tillhör en person som har ett mer bondsk och obildat uttal. Jag skulle gissa på att det är Jätteberg som man hör på kassettbandet. Det var en bonde från Nordingrå som var gigantisk stor och jättestark. Man trodde att han blivit bortbytt som nyfödd av en jättefru. Han var inte bara urstark utan hade också en röst som kunde höras flera mil bort. När han var liten och skrek i vaggan hördes det ända bort till Ullånger sägs det. Om han har pratat in i glaset innan det förslöts då kan jag förstå att det fortfarande låter så pass starkt efter så många år annars borde ekot ha tynat bort för länge sedan.

-Mycket intressant. Vad tänkte du göra med dem? undrade Helge.

-Jag hade ju tänkt ha dem i sjöboden som dekoration, jag trodde det var glasflöten till näten, men nu vet jag inte vad jag ska ha dem till. Känns lite fel att de ska hänga i min sjöbod.

-Du vill kanske sälja dem? Jag skulle vara intresserad att ha dem bland mina samlingar. Vad skulle du vilja ha för dem?

Nylander funderade en stund innan han svarade.

-Du kan få dem för 500 riksdaler.

Helge betalde Nylander och när Nylander hade åkt hem började han försiktigt plocka ut alla glaskulorna ur korgen. På botten av korgen låg en svart glaskula som såg annorlunda ut. Den var större och verkade mycket äldre än de andra. Helge tänkte att det såg ut som venetianskt glas, kanske från 1500-talet. Kulan hade också en platt botten där det fanns två bokstäver inristade: M och N. Helge höll kulan i handen. I den svarta blanka ytan reflekterades hans egen spegelbild. Plötsligt tyckte han att han såg något som rörde sig inne i kulan och lutade sig närmare för att se efter. Förskräckt ryckte han tillbaka och ställde blek ner glaskulan på soffbordet medan han sjönk ner i soffan.

-Så det är alltså så allt slutar viskade hand uppgivet.

Senare på dagen placerade han glaskulan inlindad i ett svart tyg på Spegelbibliotekets hyllor med en varningstext bredvid. "Nostradamus spåkula. Framtiden förblir bäst höljd i mörker."

Ett hus av böcker

Hilbert Broman höll på att rensa ut ett av rummen på övervåningen, som var fyllt med gamla böcker efter hans far, den kända folklivsforskaren Helge Broman. När han hade burit ner den sista kartongen och ställt den i hallen steg Nikko Hirvenpää in genom ytterdörren. Nikko hade erbjudit sig att hjälpa Hilbert att köra iväg med böckerna. En del skulle till en Second Hand butik nere i stan och några böcker var i så dåligt skicka att de skulle köras direkt till återvinningscentralen.

-Det var en hel del det här, sa Nikko när han såg alla kartongerna som var staplade i hallen, men inte i närheten av vad Konrad Byman samlade på sig under sin livstid. Jag kan berätta den historien på väg ner till stan, men först får vi väl lasta in kartongerna i bilen.

När de satt i bilen och började köra mot staden tog Nikko till orda och började berätta:

-När Konrad Byman avled fruktade hans döttrar det värsta. Fadern var nämligen en notorisk boksamlare. Redan när de var små kom fadern hem med lådor och papperskassar fulla med böcker som sedan stod staplade längs väggarna i husets alla utrymmen. Deras mor försökte så gått hon kunde hålla ordning och körde i smyg bort otaliga böcker till soptippen. Men när modern dog förvärrades faderns maniska boksamlande och när döttrarna flyttade hemifrån hade huset nästan svämmat över av böcker.

De två döttrarna bodde nu utomlands och hade inte varit hemma på över 10 år. De hade under åren bara haft kontakt med fadern via telefon. Varje gång de talades vid hade deras far börjar med att berätta om alla böcker och boksamlingar som han hade köpt sen senast. Så man kan förstå att de fruktade det värsta när de låste upp ytterdörren till huset och steg in i hallen, men till deras förvåning såg huset välstädat ut. Visst fanns det fortfarande många böcker i huset. Hela vardagsrummet var till exempel ett enda stort bibliotek med bokhyllor från golv till tak, men det var inte så att det låg böcker travade längs väggarna och spridda över hela huset som de hade fruktat. De hade föreställt sig att varje rum skulle vara fyllt med kartonger, papperskassar och böcker från golv till tak. Att de skulle bli tvungna att ta sig mellan rummen genom en smal gång med ett överhängande hot om att bli begravda under ett svajande bokberg. Men de fann att huset mer påminde om ett välordnat bibliotek än en sjuklig boksamlares boning.

Men de kände sin far och tvivlade starkt på att han hade gjort sig av med några böcker. De misstänkte därför att han helt enkelt stoppat undan böckerna på vinden, i källaren eller kanske i uthuset? Men när de undersökte saken närmare fann de inte speciellt många böcker där heller, de hittade visserligen några flyttkartong med böcker prydligt uppställda i ett hörn, men inget mer. De drog därför en lättnadens suck över att inte behöva köra flera ton med böcker till soptippen för att kunna bo i huset. Döttrarna planerade nämligen att flytta hem och överta föräldrahemmet och fortsätta att driva föräldrarnas lilla konstgalleri som låg nere vid älven. Huset var nu slitet och hade inte renoverats på många år så döttrarna anlitade en lokal byggfirma för jobbet. Medan arbetet pågick skulle de hyra en liten stuga i grannbyn.

Några dagar efter att renoveringen hade påbörjats ringde snickaren och bad dem komma över för han måste visa något. När döttrarna kom in i huset såg de att väggar, tak och golv var uppbrutna på flera ställen i huset. Snickaren berättade att när de börjat ta ner panelen i ett av sovrummen hade man upptäckt att innerväggen var full med böcker och när man undersökte resten av rummet upptäckte man att samma sak gällde även för golvet och taket. De hade sen gått runt i hela huset och öppnat upp väggar, golv och tak på olika ställen och slutsatsen var att hela huset var isolerat med böcker. Isolering och sågspån hade helt enkelt tagits bort ur väggar, golv och tak och mellan reglar och bjälkar hade deras far stoppat in böcker. Tusentals böcker hade fadern staplat in i väggarna, under golven och i taken och sedan spikat igen. Han hade helt enkelt byggt ett hus av böcker. Det var förklaringen till att alla böckerna var försvunna, de hade hela tiden funnits rakt framför deras ögon, gömda i husets konstruktion.

När de började ta ner panelen på vinden upptäckte de ännu fler böcker i väggarna och inkilade mellan yttertakets takbjälkar. Man upptäckte också en liten mus som hade knaprat sig igenom hel del böcker i musikteori och nothäften för att till sist byggt sig ett bo i ett uppslagsverk om klassisk musik bredvid den murade skorstenen. Musen visade sig vara mycket tam och musikalisk så döttrarna tog hand om musen och döpte den till Musorgskij efter den ryska tonsättaren. Musen visade sig nu vara en talangfull kompositör som brukade sitta på deras skrivbord och doppa svansen i ett bläckhorn medan den med svanstippen dirigerade fram det mest fantastiska partitur på notpappret. Med tiden blev musen mycket beröm i musikvärlden och reste världen runt och dirigerade sina kompositioner på världens största konserthus.

-Nej, nu ljuger du så stänker om det! utbrast Hilbert och skrattade till.

-Ja, det kan väl hända att det inte riktigt var sant det där med att musen resten jorden runt och uppträdde. Men berömd blev han iallafall och gav ut en LP-skiva med sina bästa kompositioner som *Fantasi över Cheddar och Brie, Intermezzo med en råttfälla, Ost-ouvertyren och Smaker från en ostbricka.*

-Man har aldrig tråkigt när man har en god berättare som vän konstaterade Hilbert nöjd när de parkerade framför Second Hand affären för att lasta av några lådor med böcker.

Bastun i underjorden

Nikko Hirvenpää stod och väntade på gårdsplanen med en ryggsäck på ryggen och en keps på huvudet när Hilbert steg ut från huset.

-Är du klar att gå? frågade Nikko.

-Ja, men vart ska vi? undrade Hilbert. Han hade fått en inbjudan att följa med på en spännande utflykt i skogen, men Nikko hade varit mycket hemlighetsfull med vart de skulle gå.

-Det kan jag ju inte säga för då är det varken en hemlighet eller en överraskning, eller hur? Men jag kan säga att det är ungefär en timmes promenad härifrån och det kommer att vara värt det. Ta på dig den här ryggsäcken så kan vi gå.

Hilbert gick fram och lyfte upp ryggsäcken som stod på marken bredvid Nikko. Den var väldigt tung visade det sig.

-Vad är det i den? Sten?

-Äh, nog klarar du av att bära lite du som är ung och stark. Du får se vad det är i den när vi kommer fram.

Nikko började gå mot skogsbrynet och Hilbert slängde upp den tunga ryggsäcken på ryggen och följde efter.

Det var en fin höstdag. Löven i träden skiftade i rött, gult och brunt och blåbären var mogna i riset och någon svamp stack här och där upp sin hatt längs stigen. Till en början med var stigen ganska bred, det var den stig som Hilbert ofta brukade gå när han skulle ut i skogen, men efter en halvtimme vek Nikko av rakt in i skogen och snart verkade de följa något som liknade en viltstig. En bruten kvist och en hög med älgspillning vittnade om att älgen brukade gå här. Hilbert kände att han började bli lite trött i ryggen och skulle inte ha haft något emot en kort paus, men han visste att Nikko inte skulle stanna förrän han var framme vid målet. Han förvånades alltid över den smidighet och hastighet som Nikko travade på genom skogen. Han var ju ändå över 80-år, men frisk i kroppen och klar i knoppen. Men å andra sidan brukade släkten Hirvenpääs bli över 100 år gamla. Att vi blir så gamla beror på att vi söker oss till köldhålen och är nedfrusna halva året brukade Nikko skämtsamt förklara.

De hade nu kommit ut ur skogen och en bergvägg tornade upp sig framför dem. Nikko fortsatte rakt fram och var plötsligt försvunnen som han var uppslukad av berget.

-Kom nu. Var inte rädd hörde Hilbert en röst inifrån berget. Hilbert gick närmare och såg en hand som stack ut från berget och vinkade åt honom. Bakom ett spetsigt klippblock som hade lossnat från berget fanns en smal och mörk spricka, och där inne stod Nikko och väntade. De fick ta av sig ryggsäckarna och pressa sig i sidled genom sprickan ett par meter, men sen vidgade sig gången och de stod i en naturlig bergsskreva, ungefär en meter bred, lagom stor för en normal vuxen man att ta sig igenom.

-Gå försiktigt här. Det är mycket lös sten och lite halt av regnvattnet varnade Nikko.

Hilbert tittade noga var han satte fötterna bland stenblocken. Men han kunde inte låta bli att stanna upp och titta närmare på skrevan. Den var ungefär fem meter hög och 20 meter lång. Sidorna vara alldeles släta och påminde om en stenkorridor eller en passage till en hemlig värld. Jag undrar vad vi kommer att hitta på andra sidan tänkte Hilbert.

När de klev ur skrevan befann de sig på en liten öppen plats, kanske fem meter i diameter. Runt omkring slöt sig berget som en mur och i ena änden fanns en liten avlång damm med vatten.

-Vad tycker du? frågade Nikko.

-Helt fantastiskt. Vilket ställe. Det är ju nästan omöjligt att hitta om man inte vet om det.

-Ja precis, men det är bara en liten del av det jag tänkte visa dig. Nikko gick bort till dammen och stirrade på ytan innan han sa.

-Nej, man ser det inte idag. Det blåser inte på rätt sätt.

-Vad är det man ska se?

-Jo ser du. En höstdag som den här var Yngve Gustavsson, ja bastupoeten som du vet, ute i de här skogarna och vandrade när han såg en räv som smet in i berget framför honom. Yngve trodde det att han hade upptäckt en rävlya så han gick närmare och upptäckte då sprickan i berget bakom klippblocket. Han tog sig igenom den precis som vi och upptäckte då passagen till denna märkliga plats. Yngve stod och beundrade denna naturens skapelse när en vind fick vattnet att krusa sig på vattenytan och framför hans ögon framträdde plötsligt en text. Någon hade skrivit i vattnet: "Jag nedsteg år 1676 till underjorden vid den sydliga spetsens sjustjärna. H.H." Yngve förstod att H.H måste vara Hans Holsten som 1670-talet letade efter mineraler och nya gruvfyndigheter i de här trakterna.

-Yngve blev förstås nyfiken på vad Hans hade hittat och vad texten kunde betyda så han började undersöka sydsidan av berget. Kom här ska du se. Ser du här i den svarta diabasen så finns det sju inslag med kvarts som påminner om stjärnbilden plejaderna, alltså sjustjärnorna.

Hilbert tittade på den svarta bergväggen och mycket riktigt fanns det sju vita prickar på bergväggen, ungefär i en tummes storlek. De bildade ett mönster som såg ut som stjärnbilden Plejaderna.

-Ser du ingången? frågade Nikko

Hilbert tittade ner på marken och såg bara en stor enbuske.

-Vi har dolt den. När Yngve upptäckte ingången var det bara ett litet hål som man fick krypa in genom. Det var ju lite opraktiskt så vi har grävt ut den och planterat en stor enbuske för att dölja ingången om någon mot förmodan skulle hitta hit.

-Vilka är vi? undrade Hilbert.

-Jo, nu när du har blivit invald i Bastuvisans vänner precis som din far så är det dags att du också får veta en av våra mest välbevarade hemligheter. Nikko tog av sig ryggsäcken och plockade fram två ficklampor som han tände och gav den ena till Hilbert. Följ med mig nu. Det är lite lågt i taket i början men grottan vidgar sig längre fram.

Nikko tryckte undan enens täta grenar och klev ner i den mörka öppningen som avslöjades bakom busken. Hilbert följde försiktigt efter. De fick huka sig några meter innan grottan vidgade sig och de kunde gå upprätt. Längs ena sidan fanns ett grovt rep som var fastsatt i bergväggen med öglor, som ett trappräcke.

Nikko lyste med ficklampan på väggen.

-Ser du inskriften på bergväggen?

Hilbert tittade noga. Det var svårt att urskilja den i mörkret. Det såg ut som prickar och streck?

-Det är noter. Inledningen till "Underjordens polska" av bälgar-Oskar från Finnmarken. Jag gissar att Yngve inte var den enda som sett Hans Holsten budskap i vattnet och hitta ingången.

-Nu beger vi oss ner mot underjorden sa Nikko och började gå nedåt.

Gången sluttade brant nedåt men underlaget var ganska slätt så det var inga större problem att ta sig neråt om man höll i repet. Efter tio minuters promenad tyckte Hilbert att han hörde ett droppande ljud och längre fram såg han ett svagt grönaktigt ljussken. Snart var de framme vid en stor grotta. Från väggarna skimrade ett svagt grönt ljus och mitt i grottan låg en klarblå bassäng. Från taket hängde stora stalaktiter. Det fanns något sakralt över hela rummet tyckte Hilbert.

-Välkommen till underjordens bastu sa Nikko.

Först nu upptäckte Hilbert att det vid kanten av bassängen stod en liten stuga som alltså var en bastu.

-När Yngve kom ner hit fick han en uppenbarelse att han skulle bygga sig en bastu här nere i underjorden. Jag behöver väl inte säga att det var ett slitsamt arbete att få hit allt material som behövdes, men han var envis och lyckades. Men nu ska vi sätta igång bastun. Du har ved i din ryggsäck.

Hilbert tog av sig ryggsäcken och öppnade den och mycket riktigt var den full med torr björkved. Så det var det han hade burit på hela vägen hit, ved.

-Vi brukar alltid ta med oss en ryggsäck med ved när vi kommer hit ner för att fylla på förrådet. Nikko öppnade bastudörren och klev in. Det var en ganska liten bastu med två lavar och med plats för max fyra vuxna personer. Nikko öppnade den gamla sotiga gjutjärnskaminen och började lägga in näver, stickor och ved innan han tände på. Elden tog sig snabbt i det torra träet.

-Kaminen var inte lätt att få hit ner heller. Yngve fick bygga en special kamin. Den är som en byggsats som man kan plocka isär och sedan bygga ihop på plats. I hel kamin skulle man aldrig ha fått genom skrevan. Även bastun är byggd av en meters furubitar som var lätta att bära med sig. Men nu går vi ut och byter om medan bastun blir varm.

-Vad är det som får väggarna att skimra? undrade Hilbert.

-Det är någon form av fluorescerande alg som skapar ett naturligt ljus här ner i underjorden. Jag skulle tippa på att vi är ungefär 150 meter ner i berget.

-Jag tog med var sin handduk. Nikko plockade upp två handdukar ur ryggsäcken. Sen tog jag med lite skaffning. Älgkorv, tunnbröd och saltgurka som frugan har lagt in. Och ett par pilsner så klart. Man blir så törstig i värmen. Ser du tampen som ligger där borta vid bassängen. Ta och dra upp den är du snäll.

Hilbert gick bort till bassängkanten och tog tag i tampen och började dra upp den. I slutet av tampen satt ett nät med några flaskor öl.

-Vi vill ju ha iskall öl eller hur? Nu byter du ut den kalla ölen mot dem jag hade med mig så nästa bastare också får kall öl att dricka. Det är lite som ett kretslopp här nere förstår du.

-Brukar ni vara här ofta och basta? undrade Hilbert nyfiket.

-Några gånger per år blir det. Vi går aldrig själva hit utan är minst två ifall något skulle hända i grottan. Det är bara en liten grupp i vårt sällskap som känner till den här bastun, den är så att säga lite exklusiv och bara för den innersta kärnan i sällskapet. Jag ska berätta mer snart, men nu tror jag att det börjar bli dags att gå in.

Vid dörren satt ett litet träskåp på väggen som Nikko öppnade.

-Här finns en kapsylöppnare om du behöver. Jag brukar själv använda snusdosan för att öppna flaskan, men eftersom du inte snusar så. Hilbert tog också ut ett lite häfte ur skåpet som han tog med sig in i bastun.

Det var varmt och skönt in den lilla bastun när de satte sig upp på laven. Björkveden knastrade hemtrevligt och elden spred ett milt sken i det lilla rummet.

-Skål då och välkommen till underjordens bastu sa Nikko och tog en klunk öl ur flaskan. Som sagt det var Yngve som byggde bastun är nere. Det var liksom en uppenbarelse han fick att han skulle bygga en bastu här nere i underjorden. Jag förstår honom. Platsen är ju helt magisk. När han hade byggt klart sin bastu började han basta. Han tillbringade två veckor här ner i underjorden då han bara bastade, badade och diktade. Han berättade att han hamnade i en slags trans när han satt i bastun. Han kände hur bergsandarna och självaste bergsfrun var med honom där i bastun och resultatet blev den här lilla

98

dikthäftet. Nikko höll upp häftet som han hämtade ur skåpet. Den heter kort och gott "Diktat i underjordens bastu". Den är väldigt svår att få tag i. Den gjordes i en väldigt liten upplaga. I alla fall innehåller den 13 dikter och jag tänkte jag skulle läsa dem medan vi bastar.

Nikko slog upp häftet och började läsa:

I underjordens värme
andarna sig samla
sitter och trängs på laven
medan bergsfrun
frodig och skön
med blottat kön
frestar poetens penna
att sprida sitt bläck
längs historiens vindlande tunnlar

Historien tar sin början
i bastuns heta värma
i själen brinner ordern
och blandas sig med andarnas ångor
upp stiger inspirationens visioner
mot parnassens lav
fram i skenet stiger Bastur
och kastar sitt vatten
på odödlighetens sten.

Nikko fortsatte att läsa ur häftet och när han var klar satt de en stund och svettades och drack ur den sista ölen. Sen gick de ut och doppade sig i det kalla vattnet i bassängen. Efteråt satte de på var sin sten och åt korv, saltgurka och tunnbröd och tog en kall öl till.

Hilbert satt och bläddrade i häftet och funderade.

-Jag tyckte du sa att det var 13 dikter som Yngve skrev men jag ser bara tolv i häftet?

-Jo, du har rätt, som du ser i häftet är den sista sidan tom, för den trettonde dikten finns inte nedskriven där utan den finns här nere i underjorden. När vi har klätt på oss ska jag visa dig den.

När de hade torkat sig och klätt på sig gick Nikko före ner längs grottan ena sida. I slutet fanns en tunnel som fortsatte in berget. De gick några meter in i mörkret innan de stannade.

-Här ska du lyssna. Nikko pekade med ficklampan mot en rund öppning i berget. Sätt örat mot hålet så ska du höra den trettonde och avslutande dikten i diktsamlingen.

Hilbert gjorde som han blev tillsagd och lyssnade in i hålet. Först hörde han inget, men efter ett tag hörde han ett eko som växte i styrka och han hörde Yngves röst ur hålet:

Punkten närmar sig
när slutet blir början
Bergsfrun vrider sig i födsloplågor
berget skälver av smärta
avgrunden öppnar sig under mig
ur marken forsar
den blodröda värmen

Mörkret vidgar sina portar
ur intenheten stiger den gamle
pånyttfödd som barn
jag stiger ner i kylan

även jag pånyttfödd
och uppstigen
som ett oskrivet blad
när elden inom mig slocknat.

-Märkligt. Men hur kan dikten fortfarande höras? undrade Hilbert förvånat.

-Jag vet inte riktigt. Jag gissar att det bakom hålet finns en slinga genom berget där ljudvågorna åker runt och någonstans längs vägen förstärks ljudet så det inte dör ut. Kanske finns det någon järnhaltig mineral som är starkt magnetiskt och som fungerar som en förstärkare. Det är iallafall mycket märkligt, men också helt fantastiskt att kunna lyssna på dikten så här.

-Vet du vart den här tunneln leder? undrade Hilbert och lyste med ficklampan ner i mörkret.

-Den går ett par meter in i berget sedan har tunneln rasat igen så vi vet inte vart den leder. Men nu börjar det nog att bli dags att dra oss hemöver. Klockan är mycket. Ska vi gå tillbaka?

När de var tillbaka vid bastun gick Nikko upp till träskåpet igen och tog fram en flaska och två spetsglas ur skåpet.

-En sista sak återstår av ritualen innan du blir en fullvärdig medlem av Bastuvisans innersta krets sa Hilbert och hällde upp drycken i de två glasen och gav det ena till Hilbert.

-Det här är ett speciellt brännvin på många sätt. Det är ett myrstackbrännvin som lagrats hundra år i en myrstack. Det har smak av hjortron, kråkbär, liljekonvalj och granbarr. Dessutom har det en ovanlig vederkvickande effekt på kroppen och själen. Ja skål då och välkommen till underjordens bastu. Må Bastur för evigt hålla din bastu varm.

När det hade druckit ur glasen plockade de undan efter sig och fyllde på vedförrådet innan de påbörjade uppstigningen mot ytan. När det kom ut ur grottan hade det redan blivit mörkt. Nikko plockade fram två pannlampor ur ryggsäcken och med hjälp av dem och ficklamporna började de vandra hemåt genom skogen.

Hilbert kände sig lätt på foten och ung i sinnet, om det berodde på bastun, brännvinet eller att han slapp bära på en ryggsäck full med ved visste han inte, bara att vägen hem gick ovanligt lätt och smidig.

Den röda telefonen

Hilbert satt i köket med en kopp kaffe och läste ett av polisprotokollen som han hade hittat i arkivskåpet med Hubertus Bromans folklivsarkiv.

Poliskommissarie Evert Näslund i förhör med Albert Näslund den 12 maj 1972.

EN: -Vänta ett tag. Vi tar det en gång till. Du pratar så fort att jag inte hinner med. Du var alltså ute i skogen och så ringde det i en telefon?

AN: -Jo, jag var ute i skogen uppe vid Lomtjärna när jag hörde att det ringde. Det var konstigt tyckte jag. Ringde det här ute mitt i skogen. Här finns det väl ingen telefon? Men det bara fortsatte att ringa och ringa så jag börja titta mig omkring men jag såg ingen telefon. Men efter ett tag förstod jag att ljudet kom från en stor myrstack som fanns vid en gammal gran. Men jag ville ju inte stoppa ner handen i myrstacken och leta. Det krylla ju av myren. Så jag hitta en pinne och börja gräva i stacken och efter ett tag såg jag något rött. Det var en röd telefon som ringde och ringde. Det var ju himla märkligt. Vem kan det vara som ringer tänkte jag. Så jag tog upp luren och svara.

-Hallå? Vem är det sa jag. Först var det tyst och knäppte liksom och sen brusa det och så hörde jag rösten. Den lät väldigt långt borta. -Hör du mig? sa den. -Visst hör jag sa jag. Vem talar jag med? -Det är Fabian, Fabian Sjövik. Du måste hjälpa mig. De håller mig fången. Fabian tänkte jag. Det var ju han som försvann upp vid Lomtjärna för flera år sedan och som man aldrig fann. Var det han i telefonen? -Du måste hjälpa mig sa han Fabian. Sen hörde jag höga röster i bakgrunden som talte på någon konstig dialekt som jag inte förstod. Och då viskade Fabian -De är här och sen bröts samtalet.

-Jag stod där som ett fån och titta på luren och visste inte vad jag skulle tro men sedan tänkte jag att telefonen måste ju sitta fast i något och där borde ju Fabian finnas. Så jag började dra upp ledningen som var gömd under mossan och följde den genom skogen. Den ledde mig fram till Lomtjärnas kant där den försvann rakt ner i tjärnens djup. Det var ju konstigt tänkte jag att ledningen var i tjärnen, så jag började dra i den för att se vad som skulle hända. När jag dragit lite, kände jag som ett hugg och sedan var det något som drog tillbaka. Det var något starkt, för ledningen sved till i händerna på mig så jag tappa taget och kunde bara se hur den försvann med telefonen rakt ner i tjärnen. Vad skulle jag göra? Jag kunde ju knappast dyka efter den. Så jag gick till er för att berätta vad som hade hänt.

EN: -Du var säker på att det var Fabian? Kände du igen rösten?

AN: -Nej, han har jag aldrig pratat med eller träffat, bara läst om han.

EN: -Så det kunde vara vem som helst du pratade med? Kanske någon som ville skoja med dig?

AN: -Kanske det. Men vem gömmer en telefon i en myrstack? En röd dessutom. Är det inte märkligt?

EN: -Jo, det är det. Men det har hänt mycket märkligt där uppe i Lomtjärna på sistone tycker jag.

Atlas över pseudonymer

Det var en liten oansenlig bok med röda pärmar som blekts något av solljuset. Den var fint inbunden med naturliga slitningar i skinnet på grund av ålder och användning. På bokryggen stod det i svart text "Atlas över pseudonymer" av Fluke Ogler. Boken visade sig innehålla en förteckning över pseudonymer med korta tillhörande biografier som: Gösta Skonarlund, pensionerad flottist som skriver sjömansromaner i Harry Martinssons efterföljd eller Johanna Enkelträd, jordemor och änka från Fränkla som skriver romaner i stil med Emilie Flygare-Carlén. Det var inga pseudonymer som Robert Broman kände igen och han misstänkte därför att det inte var pseudonymer över verkliga författare utan fiktiva påhittade pseudonymer. Tanken bakom boken var nog att om man behövde en pseudonym, av någon anledning, så kunde man hitta den i den här boken. Boken hade skickats i ett anonymt paket till antikvariat Boksvängen. Den enda ledtråden till avsändaren var att paketet var poststämplat i Kramfors.

Robert hade inte funderat så mycket över boken utan lagt undan den bland andra udda böcker som han inte trodde att han skulle kunna sälja. Även om boken var fint inbunden var inlagan gjord av enkelt papper med skrivmaskintext. Det saknade också uppgifter om förlag och årtal så Robert gissade att det rörde sig om någon form av egenutgivning.

Det var först när han under sommaren reste runt i Kramforstrakten som han kom att tänka på boken igen. Han planerade att tillbringa sommaren i sina hemtrakter och slå två flugor i en smäll. Besöka släktingar och vänner och leta efter intressanta böcker av norrländska författare till sitt antikvariat. Under sommaren besökte han bland annat Högbondens fyr och Bjärtrå hembygdsgård och vid bägge tillfällena kom han över några gamla gästböcker som han bläddrade i för att hitta spår efter kända författare eller andra berömdheter som varit på besök i trakten. Hans vana öga hittade några anteckningar som stack ut från de vanliga korta hälsningarna och som dessutom var signerade med namn som lät väldigt ovanliga, för att inte säga påhittade, som Pär Bortihågkomson och Johanna Enkelträd. Det sista namnet fick Robert att tänka på den röda boken med pseudonymer som skickats anonymt till honom och han undrade om det kunde finnas ett samband. Han skrev därför av de korta styckena och höll i fortsättningen ögonen öppna om fler konstiga gästboksinlägg skulle dyka upp längs han väg. När han några veckor senare reste hem till Stockholm hade han i sin anteckningsbok med sig tio korta stycken från tio udda signaturer. Alla upphittade i olika gästböcker från värdshus, vandrarhem, kyrkor och hembygdsgårdar runt om i Kramforstrakten.

Väl hemma letade han reda på den röda lilla boken och började jämföra signaturerna med pseudonymerna i boken och alla tio fanns mycket riktigt med i förteckningen. Han hade noterat att handstilen på inläggen i gästböckerna var väldigt lika och drog slutsatsen att det var samma person som hade skrivit dem. När han la ut de tio avskrifterna på bordet anade han ett mönster. Han fick en känsla att styckena hörde ihop, att det var pusselbitar till en större berättelse. Tanken slog honom att den röda boken innehöll 120 pseudonymer och om han hade hittat tio av dem under sommaren i olika gästböcker så borde det rimligtvis finnas 110 brottstycken till. Om han kunde hitta alla 120 skulle han kunna foga ihop hela berättelsen. Det verkade dock som ett väldigt omfattande och tidskrävande arbete som säkert skulle ta flera månader i anspråk om inte mer.

Redan några veckor senare återvände Robert till Kramfors och började sitt sökande efter gästböcker. Till hans besvikelse var det svårare än han hade tänkt sig. Rutinerna för att arkivera gästböckerna var det lite si och så med. Många visade sig vara försvunna, kanske kastade, borttappade eller helt enkelt förlagda så det fanns en del luckor i kronologin. Efter två veckor kände Robert dessutom att han behövde åka hem och ta hand om sitt antikvariat. Han gjorde en sista avstickare till Frånö Folkets Hus och i en gammal träkista hittade han några dammiga gästböcker och Bingo! Här fanns ett inlägg till undertecknat av Stina Våffelgränd. När Robert läste stycket hajade han till. Han kände igen det. Det var från inledningen till en bok som han hade i sitt antikvariat. Sebastian Guldfots "Den alkemistiska linjen". Det var en roman om släkten Stengrund som arbetade med gruvbrytning i Ångermanland från 1600-talet till 1800-talets mitt. Robert hade bara läst det första kapitlet i romanen. Det var en ganska deprimerande socialrealistisk berättelse som dessutom inte var speciellt originell eller välskriven utan påminde mycket om den arbetarlitteraturen som skrevs på 1930-talet. Inledningen löd: "Livet var hårt som sten. De slet som djur och högg in sina liv i berget men deras livsöden var dömda att suddas ut av historien. De var bara enkla arbetare, de var som gruskorn bland alla andra gruskorn, obetydliga, men drömmen fanns alltid närvarande att hitta en guldåder och bryta sig ut ur berättelsens förutbestämda bojor... "

Problemet var bara att Sebastian Guldfot också var en pseudonym och ingen hade lyckats lista ut vem som låg bakom den. Att boken ändå blivit så uppmärksammad berodde på att den välkända stockholmskritikern Rafael von Ramkant skrev en recension i tidningen Nya Norrland där romanen höjdes till skyarna. Man hade sedan försökt att bjuda in kritikern till en litteraturkväll på biblioteket för att diskutera boken, men han hade inte svarat och gjort sig oanträffbar. Det fanns därför en del som misstänkte att det var kritikern själv som hade gett ut boken och det var han som låg bakom pseudonymen Sebastian Guldfot och hade recenserat sin egen bok för på sätt öka försäljningen. Robert tyckte att hela historien var som en rysk matryoshka, en rysk trädocka som bestod av lager efter lager av nya dockor, eller i det här fallet pseudonymer på pseudonymer. Robert gissade att även författaren till den röda boken Fluke Ogler hade använt sig av en pseudonym. Han tvivlade på att han någonsin skulle få reda på hans riktiga identitet. Att Robert dessutom i den röda boken med pseudonymer på sista sidan kunde läsa "Rafael von Ramkant, Stockholmskritiker specialiserade på socialrealistiska arbetarlitteratur typ Eyvind Johnson" gjorde inte saken enklare att reda ut.

Bävfrun

-Vet du vad det här är? Nikko Hirvenpää höll upp en läderrem med en stor tand i ena ändan.

-Det ser ut som en bävertand svarade Hilbert.

-Nähä du, det här är en tand från självaste Bävfrun, ja, om man nu ska tro på allt som Gösta Nordin säger.

-Bävfrun? vem är det undrade Hilbert.

-Nog har du väl läst Norrländsk mytologi om väsena och varelserna i skog och vatten?

-Jo, ett par gånger, men någon Bävfru har jag inte hört talas om.

-Har du boken här ska jag visa dig?

-Visst svarade Hilbert och gick och hämtade boken och gav den till Nikko. Men någon Bävfru hittar du inte där i det är jag säker på.

Nikko tog emot boken och vände och vred på den.

-Nej, det förstår jag. Det här är ju första upplagan. Den är mycket sällsynt. Jag har faktiskt själv aldrig sett den utan bara hört talas om den. Värd en mindre förmögenhet skulle jag säga och mycket eftertraktad hos vissa samlaren. Det finns en reviderad och utökad utgåva som kom året efter och som betraktas som standardverket och som alla refererar till och i den finner du Bävfrun och en del andra väsen som du inte hittar i den första upplagan.

-Verkligen, det måste ha undgått mig. Jag visste inte att det fanns en reviderad upplaga. Den får jag försöka skaffa.

-Det blir inte svårt, den finns det däremot gott om på antikvariaten. Jag tror till och med att jag har en dubblett hemma som du kan få.

-Men vem var Bävfrun? Det känns som om jag borde veta det.

-Ja, där har du en lucka i dina kunskaper. Jo ser du Bävfrun var ett vackert fruntimmer som simmade omkring i Ångermanälven. Hon är som en sjöjungfru, fast istället för fiskstjärt har hon en bäversvans och håret är långt och brunt och ögonen stora och mörka, men tänderna de är stora som hos en bäver. Hon bor i en träkoja på älvens botten och när det är månsken kan man se henne simma längs älven och försöka locka fiskare i fördärvet. Enligt Gösta Nordin var Isak Jonsson en kväll ute och la nät för han tänkte snärja Albinogäddan, då han plötsligt såg något komma simmande i månskenet. Först trodde han det var en stor bäver men sen såg han att det var en vacker kvinna som simmade upp till båten och hängde vid båtens reling och började flörta med honom, men en Isak är ju inte den som bryr sig om kvinnfolk utan han tänker bara på hämnd på Albinogäddan så han bad Bävfrun att flyga och fara för hon störde honom och skrämde bort Albinogäddan.

Bävfrun blev ju rasande och förnärmad och dök ner i vattnet, sedan simmade hon under båten och högg med tänderna i skrovet för att sänka den, men en Isak hade ju köpt en plåtbåt och Bävfrun som är van vid träbåtar fastnade med tanden i skrovet så den bröts av. Det blev hål i båten och den började läcka, men inte värre än att Isak kunde ta sig i land och sen plockade han ut tanden och satte den i ett lädersnöre som han brukade bära runt halsen. Ja, det var så det gick till om man ska tro Gösta Nordin. Men nu var tanden egentligen bara en bihistoria, för det var den här jag tänkte visa dig.

Nikko plockade fram ett paket ur väskan som var inslaget i tyg. Han la paketet på bordet och vecklade ut tyget. Under fanns en tunn bok bunden i skinn.

-Nu ska du se. Det här är en ordbok med ur-ångermanländska ord. Jag kom att tänka på dig när jag såg boken, för du visade

110

mig för ett tag sedan en artikel av Jesper Hornberg om just ur-ångermanländskan.

-En ordbok med Ur-ångermanländska? Men det skulle ju vara en sensation! Språket är ju utdött och det finns nästa inget bevarat av språket bara några få fragment som man hittat på benbitar och stenar. Hur kom du över boken?

-Jo, en tremänning uppe vi Habborn avled för några veckor sedan och när vi städade ur huset så hittade jag den här. Jag skulle tro att den är bunden med mårdskinn och på försättsbladet står det Dictionarium öfver ur-ångermanländskan sammanställt av Gustaf Eric Bromaneus anno 1622. Jag gissar att det är en släkting till dig?

-Jo det är faktiskt släktens svarta får. Gustaf var äldre bror till Hindrich Bromaneus. Gustaf var också präst som sin bror, men blev avkragad för diverse brott bland annat förfalskning, otukt och samröre med hin håle själv. Han försvann sen ur släktens historia och ingen vet vart han tog vägen. Förmodligen flydde han landet och tog sig en ny identitet. Det var ju mycket lättare förr i tiden, innan pass och id-kort, att skapa sig ett nytt liv och byta identitet.

-En annan intressant sak med boken är det exlibris som finns på insidan av pärmen. Det tillhör nämligen Fredrik Bokman, så jag gissar att boken en gång ingick i biblioteket i Habborn och när det skingrades vind för våg så hamnade den här boken hos min tremänning.

-Är den handskriven? Hilbert bläddrade försiktigt i boken

-Jo, det är den och handstilen är väldigt ålderdomlig och svårläst. Så jag gissar att det här är det enda exemplaret som finns.

– Ga fa betyder visst gamle far, äg är älg, su sju tä är sjustjärna, tke är tjärn och um no tomrum. Den verkar inte vara någon ordning på orden? De är inte alfabetiskt ordnade?

-Nej, det verkar som Gustaf bara skrev ner orden som de kom till honom.

-Verkligen spännande. Kan jag låna den och studera den närmare?

-Behåll den du. Den passar i ditt bibliotek och är väl att betrakta som arvegods. Jag har ingen större användning för den. Jag kämpar fortfarande med att lära mig lite gammel ångermanländska. Språk är inte riktigt min starka sida. Men vad säger du, nog är en sådan gåva värd en kopp kaffe?

-Åh förlåt, naturligtvis. Jag blev så exalterad av boken att jag glömde att bjuda på kaffe. Vi ska väl ha en liten konjak och en kaka till också?

-Det låter inte dumt alls svarade Nikko och satte sig i soffan medan Hilbert traskade ut i köket för att sätta på kaffet.

Lukten av böcker

-Finns det något härligare än doften av gamla böcker? Hilbert lyfte näsan ur en gammal volym som han hade plockat upp ur en trälåda. Det är en härlig blandning av lukten av damm, järn, jord och gammalt läder.

-När du säger boklukt kommer jag att tänka på Jonte med cykeln svarade Nikko Hirvenpää som satt i soffan med en kaffekopp. Det var en människa som verkligen hade ett gott luktsinne. Han var som en spårhund. Var man ute och gick i skogen så kunde han plötsligt vädra i luften och säga: Nu luktar det regn i luften och två timmar sedan började det mycket riktigt att regna. Han kunde stanna och säga att nu känner jag på lukten att en älg står borta vid Kälåtjärnen och så var vi tre mil därifrån. Han kunde också lukta till sig de bästa bär- och svampställena i skogen. Efter några timmar i skogen kom han tillbaka med fyllda korgar. Men det märkligaste var det här med böckerna. Han kunde känna på doften vad boken handlade om. Ja inte själva handlingen utan mer om den var spännande, sorglig eller romantisk. Man kunde hålla en bok bakom ryggen och så kunde han på lukten säga vad det var för en bok. Han kunde till exempel lukta att var en spännande bok, som också luktade hav, värme och ensamhet, och så var det Robinson Crusoe man höll bakom ryggen.

Bara han gick in på biblioteket kunde han i entrén känna på lukten om de fått in några nya böcker. Nu har de fått in en ny spännande bok som luktar tåg och mustaschvax kunde han säga och mycket riktigt på snurran stod en nyutgåva av Agatha Christie "Mordet på Orientexpressen". Han kunde sniffa sig runt i bibliotek, antikvariat och loppisar efter böcker som luktade speciellt eller annorlunda. En gång var han inne på antikvariat Gränden och kände en besynnerlig doftkombination. Det doftade nygräddade bullar och surströmming. Och mycket riktigt i en kartong hittade han Elsa Gustavssons nu bortglömda bakbok "100 bullar i ugnen" som bland alla sina 100 bullrecept har just surströmingsbullen. Jag har själv smakat den och det är en riktigt höjdare, om man gillar surströmming förstås, men vem gör inte det?

Det finns många skrönor att berätta om Jonte. Han hade ju ett eget bibliotek i skogen där han samlade på bortglömda och bortkastade böcker och lät dem bli ett med naturen igen. När böckerna efter några år hade multnat ner och blivit jord så tog Jonte hem jorden och la på trädgårdslandet. Det var bra näring i jorden för det blev fina potatisar och grönsaker. Jonte brukade göra soppa på potatisen och grönsakerna. Han kallade det för sin boksoppa eftersom man på natten sov så gott och drömde så fantasifullt. Det var som all fantasi och berättarglädjen ur böckerna hade brutits ner och sedan tagits upp av växterna. Jag har själv blivit bjuden på boksoppa och varje natt har jag drömt det mest fantastiska och fantasifulla drömmar, så det ligger något i det.

Jag kom ihåg en gång när jag var här och hälsade på din far och Jonte kom förbi på sin cykel och din far ville bjuda in honom på kaffe, men han vägrade. Nej, det luktar för underligt av alla böckerna därinne sa han. Det finns böcker i den där byggnaden som ingen mänsklig själ klarar av att läsa. Det luktar för stark av tomhet, skräck och vansinne. Jag skulle bli tokgalen om jag stannade för länge med den lukten. Så din far föreslog att vi skulle ta kaffet i bersån istället och det gick bra för där blommande syren för fullt.

Jonte hade tagit med sig sin fiol och sa att nu ska ni få höra något som ni aldrig hört förut och så började han spela för oss. Men inte hörde vi något. Inte undra på det för fiolen hade inga strängar. Så vi sa ju det till Jonte att inte kan man spela på en fiol utan strängar.

Man ser vad man ser svarade Jonte. Ni säger att ni inte ser några strängar? Att man inte ser betyder inte alltid att de inte finns något, utan bara att ni inte kan se dem. Ni förstår, strängarna är speciella. Det här är nämligen bälgar-Oskars gamla fiol. Här är en sträng gjord av koltrastens eko, bredvid den en som är gjord av morgonens första solstråle och sen en av ett månskenstråk på älva och slutligen en sträng tvinnad av en älvas sista andetag. Men stråken kan ni väl se ändå? Den är gjord av silverstråna från svansen på Näckens sorg. Nu tänkte jag spela en av bälgar-Oskars polskor. Om ni försöker se bortom det ni ser, och lyssnar utan att försöka höra, då ska ni nog få en upplevelse som heter duga. Och så började han spela.

Jag försökte att slappna av och öppna mitt sinne och se bortom det jag såg och inte lyssna på allt som pågick runt omkring mig, och se då var det som om något hände. Sinnen liksom öppnades för plötsligt såg jag hur ljuset reflekterade sig i de tunna fiolsträngarna och jag hörde tonerna som var så svag och så sköra, men ändå så starka att de berörde min själ i djupet. Det var musik som jag aldrig tidigare hade upplevt i hela mitt liv. Det var något besynnerlig över tonerna, jag nästan som en religiös upplevelse. Jag undrar förresten vad som hände med fiolen efter Jontes död. Ja, han var märklig den där Jonte. Förresten vad är det för böcker du har där lådan?

-Jag hittade den längst in i en garderob i ett av rummen som jag höll på att städa ut förklarade Hilbert. Det är några gamla böcker, bland annat ett exempel av Stobaeus *Florilegium* från 1500-talet. Det är märkligt för jag tycker jag har gått igenom hela huset men ändå dyker det upp nya böcker upp hela tiden.

-Ja din far var en riktig boksamlare. Nästan i klass med Konrad Byman. Fast jag tror inte din far gömde några böcker i väggarna va?

-Inte vad jag vet skrattade Hilbert, men det skulle inte förvåna mig om det finns ännu fler böcker undanstoppade på märkliga ställen i det här huset.

-Vem vet. Den som söker skola finna som de säger avslutade Nikko och tog en klunk av kaffet.

Skosnöret

Hilbert satt i fåtöljen och läste en kopia av en av de många polisförhör som han hade hittat i en mapp i plåtskåpet med Hubertus Bromans folklivsarkiv. Det här förhöret var ännu ett i raden mellan poliskommissarie Evert Näslund och Olle Nyström, även kallad Mäsk-Olle nedtecknat, den 7 september 1973.

Evert Näslund: Då möts vi igen. Du lär dig visst aldrig. Den här gången gäller det tjuvfiske. Min assistent tog dig på bar gärning med en stor röding i skogarna runt Lomtjärna. Jag antar att det var där du var och fiskade?

Olle Nyström: Lomtjärna?! Nej, herregud. Ingen vettig människa fiskar i Lomtjärna. Du har väl hört vad som hände med den där Isaksson?

EN: Isaksson? Nej, det har jag nog inte hört.

ON: Jo, Isak fick för sig att skulle fiska i Lomtjärna för några år sedan. Han hade dragit dit en liten eka på vintern när skaren var hård och nu när det var vår och isfritt rodde han ut med båten till mitten av tjärnen. Han hade sitt stora fiskespö med sig, det han brukar använda när han fiskar efter albinogäddan i älven. Det är riktiga saker det, sånt man använder när man fiskar haj i Söderhavet. Ett riktigt bastant spö och en tjock lina av stålvajer. Det ska mycket till innan fisken tar sig loss från den. En Isaksson hade en stor silverpirk som han släppte ner i djupet, men se linan den bara åkte ut. Det var som om det inte var någon botten i tjärnen. Och ändå hade han över 200 meter lina på rullen. Så när det nästan var slut på rullen, så började Isaksson att rulla upp den för så djupt går ingen insjöfisk. När han kom halvvägs kände han att det smånafsade på pirken så han stanna och började smårycka för att locka fisken att hugga,

117

men det var helt dött, så han fortsatta att veva upp och nu såg han silverpirken som glänste i djupet, men han såg också något annat. En stor skugga som följde efter pirken. En Isaksson trodde det var en riktig stor röding eller nåt sånt, men när pirken kom närmare såg han att det inte var en fisk som följde efter, utan ett öga. Ett jättelikt öga stirrade på honom ur djupet. Det måste ha varit flera meter i diameter. En Isaksson blev som skräckslagen och slängde upp pirken och kastade sig på årorna och fort som satan tog han sig i land och sprang mot skogen. När han vände sig om såg han som en slemmig arm som hade tagit fatt i båten och drog den ut på tjärnens mitt där den sedan försvann ner i djupet. Nej, ser du Näslund i Lomtjärna är det ingen vettig person som vågar fiskar. Där bor ett sjömonster som får albinogäddan och avgrundsålen att blekna i jämförelse.

EN: Om det inte var i Lomtjärna var var du då?

ON: Borta vid Myrtjärna.

EN: Där får man inte heller fiska vid den här tiden på året. Det vet du mycket väl Nyström.

ON: Ja, men jag fiskade inte. Jag bara tvättade min skosnören.

EN: Tvättade skosnörena? Och det vill du att jag ska tro på?

ON: Jomen visst, jag var ute och gick i skogen med mitt spö när jag såg att skosnöret hade blivit så väldigt smutsigt så jag tänkte jag skulle skölja av det i tjärnen jag passerade, men det var så sankt att jag inte kom fram till vattnet så jag tänkte att jag kan ju fästa snöret på kroken och slänga ut det så det blev avsköljt. Men när jag vevade in då plötsligt högg det till och till min förvåning var det en stor röding på kroken. Tyvärr hade han svalt kroken så illa att jag blev tvungen att ta ihjäl han och kunde inte släppa tillbaka han. Det hade ju varit djurplågeri förstår väl en Näslund? Näslund kan ju själv se att jag saknar ett skosnöre på ena skon så det är sant vad jag säger.

EN: Och naturligtvis hade du tänkt lämna in fisken till polisen?

ON: Naturligtvis, men jag hann inte innan assistent Bergfors grep mig och anklagade mig för tjuvfiske.

EN: Om nu din historia stämmer Nyström, så borde ju skosnöret återfinnas i fiskens mage, om det nu inte är en av dina många skrönor förstås? Vi får väl skära upp fisken och se vad vi hittar eller hur?

ON: Är det nödvändigt? Du tror väl på mitt ord?

EN: Jag tror mer på riktiga bevis. Näslund tog fram fickkniven ur fickan och sprättade upp buken på fisken och drog ut inälvorna på bordet framför Nyström. Magsäcken var full och spänd och när han sprättade upp magen ramlade det till bägge männens förvåning inte bara ut ett skosnöre utan även en halväten sko.

ON: Jo, där se en Näslund att inte skulle jag ljuga på polisen.
EN: Hm, jag undrar vem skon tillhör?
ON: Den ser bra gammal ut. Det ser ut som en del av en kragstövel från 1700-talet?
EN: I så fall är eventuellt brott preskriberat.
ON: Liksom mitt?
EN: Du är rolig du Näslund. Men din historia verkar ju stämma på något underligt sätt, så du kan gå för den här gången, men jag håller ögonen på dig.

En gammal granstam

Hilbert satt vid köksbordet och åt filmjölk samtidigt som han läste en kopia av ett polisprotokoll. Det var ett förhör med hans egen far Herbert Broman och poliskommissarie Evert Näslund från den 27 september 1973.

EN: Det var riktigt märkligt det här. Jag vet inte vad jag ska tro. Hade det inte varit för fotot så skulle jag nog tro att du försökte lura mig. Bara för protokollets skull kan du redogöra igen hur du hittade meddelandet?

HB: Jo, jag var uppe vid Lomtjärna och vandrade då jag nästan snubblade över en stor gammal gran som fallit omkull i skogen. Den hade legat ett tag och hade sjunkit ner i mossan och det hade börjat växa tickor på den. Barken hade börjat lossna och jag drog bort en stor bit för att se om det fanns några småkryp under barken. Jag såg hur granbarksborren hade borrat sig fram i veden. Den hade gjort snirkliga mönster som den brukar, men plötsligt såg jag hur mönstren gick ihop och bildade bokstäver och till min förvåning kunde jag i träet läsa en snirklig handstil och ett besynnerligt budskap. Det stod: "Jag Fabian Sjövik är sedan flera år fångad av trollen. De tvingar mig att slava i deras guldgruva. Gud ha barmhärtighet och befria mig." Jag blev alldeles tagen av meddelandet och kom ihåg hur jag själv för några år sedan hade varit med och gått skallgång och letat efter Fabian som försvunnit runt Lomtjärna. Det enda vi hittade då var en förkolnad stövel. Jag hade som tur min kamera med mig så jag tog ett foto av meddelandet innan jag begav mig hemåt. Det är det här, men som du ser blev det tyvärr lite suddigt och det är svårt att läsa hela meddelandet.

EN: Men du gick tillbaka dagen efter?

HB: Ja precis, för när jag skulle lägga mig att sova kom jag ju på att det kanske stod något mer under barken som var kvar på stammen. Någon ledtråd om var han var och var man kunde hitta honom. Så jag gick tillbaka dit direkt morgonen efter, men när jag fann stocken igen så var den alldeles sönderriven och förstörd. Under natten hade nog en björn börjat krafsa på den för att få fram larver eller något och det fanns inte ett spår kvar av någon skrift. Hade jag inte sett det med egna ögon och haft fotot skulle jag nog själv trott att jag drömt det hela.

EN: Ja, det är verkligen märkligt det du berättar. För några månader sedan pratade jag nämligen med Albert Näslund som berättade att han fått ett telefonsamtal från Fabian.

HB: Jaså ringde han hem till honom?

EN: Nej, till en myrstack.

HB: En myrstack?

EN: Ja, det är verkligen mycket märkligt det hela.

Skatternas skatt

Hilbert öppnade boken. Det var en biografi skriven på spanska av Seshat Holmlund som handlade om Eduard Empesat, som arbetade som bibliotekarie vid San Lorenzo del Escoria i Spanien. Boken hade han fått av Stefan Broman som hade varit på besök under helgen. Kusinerna hade inte träffats sedan Hilbert var liten och det hade varit ett kärt återseende. Under helgen hade de talat om gamla minnen, om släkten, gamla böcker och ätit och druckit gott. Stefan, som efter faderns död tagit över antikvariatet Boksvängen i Stockholm, hade tagit med sig biografin eftersom han trodde att Hilbert skulle uppskatta den. Nu satt Hilbert i sin favoritfåtölj och ögnade igenom innehållsförteckningen. Han fastnade för kapitlet om "Skatternas skatt" och bläddrade fram till avsnittet och började läsa:

Eduard Empesat försökte under sina sista år i livet att lösa gåtan med Skatternas skatt. I en dagbok tillhörande munken Ambrosia hittade han en notering att Ambrosia mottagit en avskrift av en papyrusrulle från en ordensbroder i Rom. Papyrusen var upphittad i påvens privata arkiv och innehöll ett brev som skrevs när Aristarchus var bibliotekarie vid biblioteket i Alexandria. Vem som skrev brevet eller vem mottagare i Grekland var är okänt.

Avskriften har gått förlorad, men efter flera års intensiva förhandlingar med Vatikanbiblioteket lyckades Empesat till slut få tillgång till originalet i påvens arkiv som lyder i översättning:

Käre broder. Jag trivs bra med tjänsten som kopist i Alexandria även om det stundtals är långa arbetsdagar. Många kända författare och skrifter har passerat mina händer. Jag har sedan en tid tillbaka använt kvällar och ledig tid till att i hemlighet göra egna kopior av de texter som jag uppskattat mest. Det rör sig främst om de stora dramatikerna som Sofokles, Euripides, Menander och andra intressanta poeter och filosofer från vårt hemland. Det har blivit en imponerande samling avskrifter, men jag är rädd för att bli upptäckt. Aristarchus har börjat bli misstänksam och flera gånger frågat varför jag stannar kvar så sent på kvällarna och då privatkopiering är strängt förbjudet och belagt med dödsstraff har jag som en säkerhetsåtgärd beslutat att skicka iväg mina kopior till ett säkert ställe. Jag vänder mig därför till dig min kära bror. Kan du förvara dessa avskrifter åt mig tills min tjänstgöring är slut och jag kan återvända hem?

Fortsättningen av brevet innehåller en förteckning på drygt 500 verk som skribenten har kopierat och vill skicka till sin vän. Bland annat "Egyptierna" och "Herkules barn" av Aischylos; "Cerberus" och "Tantalus" av Sofokles; "Bellerophon" och "Oenomaus" av Euripides och många andra verk som idag anse vara förlorade eller som bara finns bevarat som fragment.

I sin dagbok skriver Ambrosia vidare att han försökte ta reda på vad som hade hänt med kopiorna som skulle innehålla de dramer och texter som omnämns i brevet. En källa som återkommer i Ambrosias efterforskningar är Makedonien Stobaeus, som under 400-talet skrev ett antal antologier som innehåller referenser till många av de försvunna verken. Förmodligen hade Stobaeus tillgång till avskrifterna eller så fanns de i hans ägo. Via Stobaeus lyckas Ambrosia sedan spåra avskrifternas fortsatta öden och äventyr tills han slutligen lokaliserar dem till ett kloster i Transsylvanien nära Poenari.

Ambrosia beslutar sig för att resa till klostret för att ta del av denna bortglömda litterära skatt. Under stora svårigheter lyckas han få tillträde till klostrets bibliotek och ser där med egna ögon den fantastiska samlingen av antika avskrifter. Men munkarna och inte minst bibliotekarien blir snart fientligt inställda till honom och efter någon dag börjar han frukta för sitt liv och ser sig tvungen att snabbt lämna klostret. Det finns varken tid att läsa eller skriva av alla dessa fantastiska dokument som han återfunnit. I samlingen hittar han ett gammalt pergament som sticker ut från papyrusrullarna på hyllorna. Pergamentet verkar vara mycket äldre och skrivet på koptiska, och inte på grekiska som papyrusrullarna. Vid en första anblick verkar det innehålla en gammal egyptisk dödsbok med olika besvärjelser och hymner. Ambrosia beslutar sig därför att försöka ta med sig det ovärderliga dokumentet hem till sin egen samling av ockulta och mystiska skrifter. Han virar pergamentet runt sin mage som ett extra skinn och gömmer det under sin munkkåpa och lyckades på så sätt smuggla ut dokumentet från klostret.

Väl hemma kan han i lugn och ro studera pergamentet närmare. Det visar sig inte vara en egyptisk dödsbok utan en variant av den mesopotamiska flodberättelsen. I den här versionen möter vi hjälten Bir Uk som blir varnad av guden Ea att gudarna tänker dränka mänskligheten för att de blivit förargade på dem. Ea ger därför Bir Uk instruktioner hur han ska bygga ett stort skepp för att överleva katastrofen. Demonen Li Ba Shtu, som är vishetens väktare och besvärjelsernas vävare, närmar sig Bir Uk och utlovar honom evigt liv om han tar med sig de 777 stentavlorna som han stulit från gudarna. Stentavlorna innehåller all den kunskap som fanns i tomheten innan skapelsens början. Det rör sig om magiska besvärjelser som gudarna använde för att skapa tid och rum och allt liv i universum. Under sju dagar och sju nätter regnar det konstant och jorden och människorna dränks av floden. Bir Uk överlever och hans skepp driver omkring på det stormande havet. Efter 77 dagar sjunker vattnet undan och skeppet strandar på en stor röd klippa ute i öknen. Bir Uk kallar klippan Ul Uru och demonen Li Ba Shtu stiger genom en passage i klippan ner i underjorden med de 777 stentavlorna. Men först befaller demonen Bir Uk att försluta platsen med uråldrig magi för att förhindra att gudarna hittar Li Ba Shtu och biblioteket med stentavlorna

I öknen runt Ul Uru hittar Bir Uk ett stort svart stenblock med sju släta sidor. Li ba shtu berättar att stenblocket fallit ur Ans hand i tidernas begynnelse. Ur stenblocket hugger Bir Uk ut sju pelare och på pelarna ristar han in mäktiga besvärjelser som försluter ingången till underjorden med uråldrig magi. De sju pelarna skickas sedan iväg i olika väderstreck för att förhindra att porten till biblioteket ska kunna öppnas innan tidens slut.

Enligt Ambrosia dagböcker innehåller den sista delen av pergamentet vägbeskrivningar vart de sju pelarna sändes iväg och förvaras. Samtidigt skriver Ambrosia att han fått oroväckande underrättelser om att munkarna från klostret har upptäckt stölden av pergamentet och har skickat en grupp assassins för att hämta tillbaka det. Ambrosia bestämmer sig för att skära ut de sju vägbeskrivningarna och binda in dem i sju olika böcker från klosterbiblioteket och skicka dem till olika ordensbröder runt om i Europa för att hindra att informationen kommer i fel händer. Strax därefter försvinner Ambrosia ur historien. Trots efterforskningar lyckas inte Empesat ta reda på vad som har hänt med munken. Han verkar ha gått upp i rök och det finns inga historiska källor om hans förehavanden. Vad som hände med de sju böckerna är också oklart. Klostret brann ner på 1600-talet och troligen även större delar av biblioteket. Det var bara ren tur att några av Ambrosias dagböcker överlevde branden.

Empesat skriver att Skatternas skatt måste syfta på det bibliotek med de 777 stentavlor som ska förvaras någonstans i närheten av Ul Uru. De sju pelarna är en karta till den exakta positionen och innehåller instruktioner hur man ska återfinna denna skatt med uråldriga besvärjelser. Under resten av sitt liv försökte Empesat att hitta fler ledtrådar om de sju pelarnas öde men misslyckades. Han försökte också återfinna den sällsynta boken "Book of the seven goats" som en gång i tiden fanns i hans farbror Samuel Empesat ägo innan den försvann spårlöst efter att blivit konfiskerad av nazisterna under andra världskriget, men boken återfanns aldrig.

Hilbert såg upp från boken och funderade på om det fanns någonting i det hemliga biblioteket som kunde berätta mer om var de sju pelarna hade tagit vägen. Han insåg att om man kunde återfinna det gamla biblioteket så skulle det vara en sensation. Det skulle vara en av världens äldsta samlingar av skrifter. Ett sådant stort bibliotek skulle kunna förändra hela världshistorien beroende vad som fanns i det. Men var skulle han börja leta? Vad hände till exempel med de sju böckerna som munken Ambrosia skickade iväg till sina ordensbröder och som innehöll information om var de sju stenarna förvarades? Vilka var de sju böckerna? Hilbert kände att han för tillfället hade fler frågor än svar. Rastlös i sinnet och beslöt han sig för att gå in i det hemliga biblioteket för att försöka hitta några svar på alla frågorna som snurrade runt i skallen på honom.

Konsten att skriva

-Vad läser du? undrade Nikko Hirvenpää från soffan.

-Det är en artikel i Hembygdgårdens årsbok av Axel Skoglund om konsten att skriva. Det är en kort men tankvärd text. Ska jag läsa den för dig?

– Ja, gör gärna det, synen är inte vad den har varit och jag har inte med mig mina läsglasögon.

-Så här skriver Skoglund: "Skriva det är att göra tecken, så kallade bokstäver, som man sedan samlar till ord och binder samman till meningar som flätas samman till berättelsen i litteraturens breda väv. Men jag tänkte idag tala om konsten att skriva. De flesta använder sig av en penna. Det kan vara en blyertspenna, en kulspetspenna eller en bläckpenna. Sedan finns de som använder sig av maskiner, skrivmaskiner och även datamaskiner förekommer har jag hört, men det anser jag inte höra hemma i skrivkonsten. Samma saker gäller diktafoner och andra inspelningsapparater. För desto längre man fjärmar sig från tanken, desto större omvägar tanken tar från hjärnan till pappret desto mer förvanskad blir den. En datamaskin eller skrivmaskin skapar en extra omväg för handen och kommer oundvikligen att fjärma författaren från hans grundidé. Däremot en penna, som helst ska vara kort, som en blyertsstump, har bättre och närmare koppling till den ursprungliga idén och risken att den förvanskas i överföringen är således mindre. Men det bästa, enligt min mening, är ändå att använda fingrarna och doppa dem i bläck och sedan skriva direkt på pappret. Pappret är också viktigt. För det ska helst vara strävt. Med en påtaglig yta så fingret kan uppleva papprets topografi. Hudens känslighet ska kunna registrera papprets osynliga berg och dalar. Skriften är nämligen en karta över ett outforskat landskap. Att skriva är att upptäcka och att kartlägga fantasins vita fläckar. Man måste därför bokstavligen röra sig i det litterära landskapet under skrivprocessen. Skriva är alltså en fysisk process där alla hjälpmedel försvårar och förvanskar ursprungsidén. För att vara trogen texten måste man vara nära skriften, texten måste bli blod och kött för att upplevas som levande."

-Ordet blev till kött som de säger i Bibeln, men det gick illa för han Skoglund när han försökte förvandla ordet till kött sa Nikko.

-Hur menar du? undrade Hilbert och såg upp från årsboken.

-Jo, han ville ju som han skrev i texten koppla handens rörelse närmare tankens och då fick han för sig att han skulle föra in en koppartråd i armen för att på så sätt koppla ihop tråden med hjärnan och kunna skriva med tråden, men det gick illa. Han fick blodförgiftning i armen och tvingades amputera den. Så nu har han bara en stump kvar. Men inte är han ledsen för det. Han har lärt sig att skriva med stumpen. Han har nämligen byggt en anordning så han kan sätta fast en penna på armstumpen och nu hävdar han att ingen författare skriver så sant som han, för det är nästan inget avstånd mellan tanken och pennan längre. Skriften är lika klar och sann som hans tankar hävdar han. Det påminner mig förresten om en sköna om en märklig sekretär. Har du tid att lyssna på den? Den är inte så lång.

-Jo, gärna, jag har inget särskilt för mig och vädret inbjuder inte till något trädgårdsarbete direkt.

-Jo, det var nämligen så här. Jag var upp och rotade omkring i Gösta Nordins lada för många år sedan, då jag såg en presenning i ett mörkt hörn som väckte min nyfikenhet. Så jag lyfte upp presenningen och under stod en fin sekretär av

128

masurbjörk. Stilen påminde om rokoko, fast den var inte lika elegant och sirlig utan mer bondsk om du förstår vad jag menar. När jag stod där dök Gösta Nordin upp bakom mig och sa.

-Ja, det är ett riktigt fint arbete, den här är gjord av Oskar Svensson, jag tror det står 1878 på undersidan av en av lådorna.

-Verkligen? Den ser äldre ut, 1700-tal skulle jag säga av stilen.

– Vi har ju varit lite efter här uppe när det gäller att ta till oss nya stilar och trender från kontinenten. Så årtalet stämmer. Men nu är det ju inte vilken möbel som helst utan den är magisk förstår du. Det sägs att Oskar och hans bror Erik, som bägge var duktiga möbelsnickare från Ytterlännes, hittade några fina masurbjörkar i skogarna runt Stensätter som de tog hem. Av virket byggde Oskar den här fina sekretären medan brodern gjorde en amerikakoffert. Livet var, som du vet, ganska hårt på den här tiden och det var svårt att försörja sig, så Erik tänkte prova lyckan i Amerika och behövde då en koffert för överresan. När de var färdiga med arbetet så la Oskar en hammare och några spik i den mellersta lådan i sekretären innan han gick hem för kvällen och när han nästa dag återvände till verkstaden upptäckte han att spiken och hammaren inte låg i lådan. De letade i hela verkstaden och det var först när Erik drog ut en låda i kofferten som de hittade hammaren. De förstod inte hur den hade kunnat hamna där. Men de visste ju att i närheten av platsen där masurbjörken växte hade necromancern från Stensätter en gång i tiden bott så det tänkte att det kunde vara något lurt och onaturligt med virket. Det var kanske förtrollat? Så de sköt in lådorna igen och när de drog ut dem igen hade hammaren flyttat tillbaka till den andra lådan. De provade att lägga olika saker i lådorna och upptäckte att de kunde skicka saker fram och tillbaka mellan lådorna. Men när de provade med en levande mus så gick det inget vidare, musen var död och halvrutten när den kom fram. Samma sak gällde med mat. De la en smörgås i lådan men när den kom fram var den alldeles möglig. Så det gick inte att skicka levande saker mellan lådorna. Eftersom Erik snart skulle resa till Amerika insåg de att det var ett förträffligt sätt att kunna hålla kontakten på. Brev kunde på den här tiden ta månader att komma fram och det gick ju inte att ringa eller telegrafera heller. Men med lådornas hjälp kunde de hålla direktkontakt och skicka saker och meddelanden till varandra. De höll också kontakten med hjälp av lådorna fram till Eriks död. Jag tror att en del brev som Erik skickade ligger kvar i någon av de andra lådorna. Ja som du hör så är det en mycket märklig och magisk möbel du har framför dig.

-Fungerar den fortfarande?

-Tyvärr har lådan försvunnit. Jag har letat överallt efter den men inte hittat den och om Eriks amerikakoffert finns kvar vet jag inte heller. Men du kan få ett bra pris på sekretären eftersom lådan saknas.

-Nå köpte du sekretären? undrade Hilbert nyfiket borta från fåtöljen.

-Nej, det gjorde jag inte. Nästan så jag ångrar det idag. Vad funderar du på? Nikko tittade på Hilbert som satt och såg fundersam borta i fåtöljen.

-Lådan. Jag är säker på att jag sett en udda låda på en hylla i det hemliga biblioteket. Jag har alltid undrat vad den gör där då den är så udda bland resten av föremålen i samlingen. Den är också gjord i masurbjörk och påminner i stilen om rokoko med mässingsbeslag. Kan det vara den tror du?

-Det låter inte helt otroligt. Nu saknar vi bara en sekretär för att kontrollera om den passar. Var den nu kan ha tagit vägen? Nästa gång jag besökte Nordin så hade han sålt den.

-Vet du till vem då?

-Tyvärr inte. Du får nog fråga honom om han minns vem det var. Det var ju ett antal år sedan det här hände.

Resan till Analand

-Tycker du inte att det här omslaget liknar ett...Hilbert höll upp ett skrynkligt häfte framför Nikko, men hann inte prata färdigt innan Nikko avbröt honom.

-Jovisst, gör det det. Den har ju undertiteln "En stridsskrift" men många brukade helt enkelt kalla den för en skitskrift. Var hittade du den? Den ser ut som om den varit med om en hel del.

-Den låg inkilad bakom elementet på toaletten. I går när det regnade så förbenat såg jag att det läckte in genom fönstret på toan och att det rann ner vatten bakom elementet. Jag ville se efter om det var någon vattenskada och då hittade jag den här lilla skriften inkilad bakom elementet. Den var ganska så skadad av vatten och sedan värmen från elementet på det. Vet du något om den?

-Jo, en del. Den blev ganska så ökänd på sin tid. Det är skriven av Nisse Lundbom som arbetade på sågen, men som fick en ryggskada i 40-årsåldern och fick gå i förtidspension, men sågen ville inte betala ut någon ersättning för skadan, så han blev ganska bitter med åren, det kan man ju förstås förstå. Så han satte sig ned och skrev "Resan till Analand" som han gav ut under pseudonymen Konrad Fager.

-Vad handlar den om?

-Inspirationen är tydligen Gullivers Resor av Jonathan Swift som Nisse läste när han blev förtidspensionär. Han lånade boken på biblioteket i Bollsta, men lyckades slarva bort den samma dag han skulle lämna tillbaka den. Han skyllde på en iskall tjuv, för han hade haft boken med sig in på affären när han skulle handla fil, men sedan hade han känt ett kalldrag och så var boken borta och gick inte att hitta någonstans. Biblioteket skickade förstås honom en räkning för den bortslarvade boken, vilket gjorde Nisse riktigt sur så han bestämde sig för att aldrig låna någon bok på biblioteket igen, men det är en utvikning från ämnet.

Boken handlar om en sjöman som heter Niklas Frisk som i unga år mönstrar på ett skepp som ska gå med sågad plank till Rio de Janeiro, men skeppet förliser under en orkan. Huvudpersonen lyckas som enda överlevande ta sig i land på en okänd ö där han möter ett folk som är runda som stora ostar och som har skinn av renaste guld och hår av silver. De bor i en stad som de kallar Munistan och som består av stora vita marmorhus och där gatorna är täckta med rött sidentyg. I Munistan finns ett överflöd av allt och befolkningen frossar i allt de goda. Niklas märker att trots att invånaren äter konstant behöver de aldrig gå på dass, men Niklas som är människa känner snart hur det trycker på av all mat och dryck som han frikostigt blir bjuden på, och han försöker därför desperat hitta en toalett, men sådana finns inte i Munistan. Till slut blir han tvungen att sätta sig på huk bakom ett hus och göra sina behov, men blir påkommen av en väktare. Han ställs inför landets domare och döms för att ha gjort sig skyldig till det allvarligaste brottet i landet, nämligen att blotta sin rumpa, och kasta därför ner i den bottenlösa avgrunden längst bak i staden.

Efter ett hisnande fall hamnar han i landet Magistans där en brokig skara varelser bor som lever på de rester som invånarna i Munistan kastar ner i avgrunden. När man inser att Niklas inte är något vanligt skräp, utan en varelse, så sätts han genast i arbete med att sortera, katalogisera och märka alla resterna, men han får ganska snabbt sparken för han råkar mista en oliv för en vindruva. Invånarna i Magistan tycker att han är helt oduglig och annorlunda och börjar jaga honom. Under jakten fastnar han i ett slukhål och sugs ner i underjorden. Under flera dagar färdas han genom ett vindlande underjordiskt grottsystem tills han en dag kastades ut genom en vulkanöppning. På andra sidan möter han ett sorgligt folk. De är smutsiga, undernärda och små. Han får veta att han befinner sig i Analand. Analand är ett kargt, dystert och ofruktbart land, och varje gång vulkanen får ett utbrott riskerar den att döda invånarna. Men i den varma lavaströmmen efter vulkanutbrottet kan invånarna mot alla odds odla lite potatis och rovor som de överlever på.

Hela novellen kan man läsa som en samhällsskildring från överklassen i Munihola, via medelklassen i Magistans till den fattiga arbetarklassen i Analand. Människokroppen blir en metafor för hela samhällsmaskineriet. Den goda maten, drycken och lyxen som människor i munnen får njuta av medan människorna i magen får ta hand om resterna och slutligen de som bor i arselhålet för nöja sig med skiten för att överleva. Även om tanken var god med boken, att uppmärksamma orättvisorna i samhället, så var det få arbetare som ville förknippas med ett rumphål och skit, för även om de slet och tjänade dåligt var de stolta över sitt arbete. Så det var ganska många som hade hört talas om boken men nästan ingen som hade läst den. Den blev snabbt bortglömd och betraktas väl idag mer som mer kuriosa än någon samhällsomstörtande litteratur.

-Jag får nog att ta och läsa den ikväll hör jag. Jag har alltid fascinerats av fantasifulla reseskildringar av olika slag som Jules Vernes "Till jordens medelpunkt" och Swifts "Gullivers resor" förklarade Hilbert.

-Då skulle du kanske uppskatta en annan reseskildring från våra trakter, nämligen Gullesons resor. Har du läst den?
-Nej, den känner jag inte till.
– Det är en ganska okänd resedagbok författad av provinsialläkaren Olof Gulleson. Han reste i mitten av 1600-talet runt i Finnmarken och skrev ner vad han upplevde. Men man får nog ta det hela med en nypa salt för det är verkligen fantasifulla berättelser, blandat mer realistiska skildringar av seder, bruk och sjukdomar bland människorna han möter.
-Det låter intressant. Går den att få tag i den?
-Jo, din far redigerade och gav ut den för ett 20-tal år sedan så det borde finnas ett exemplar i huset antar jag.
-Jag får försöka leta reda på den någon dag då jag har tid. Kan du berätta något mer om vad den handlar om?
-Jovisst kan jag det. Jag kan försöka återberätta några av de märkliga saker som Gulleson skriver om i sin dagbok.

Gulleson fick ett uppdrag av det nyinrättade Collegium medicum i Stockholm att undersöka hälsotillståndet hos skogsfinnarna i Ångermanland och reste som sagt runt i Finnmarken för att besöka människorna som levde i avlägsna byar. Han skriver i dagboken att han en dag kom till en äng där det rann en bäck. Det var en varm dag så han bestämde sig för att släcka törsten i bäcken, men till sin stora förvåning upptäckte han att det var brännvin istället för vatten i bäcken. Längs bäcken fanns det stora buskar med frukter på och när han tittade närmare såg han att det växte ångande nykokta potatisar på buskarna. När han stod där och gapade över allt det förunderliga flög plötsligt en surströmming rätt in munnen på honom. Han blev alldeles förvirrad och började fundera på hur han skulle kunna förvara potatisen och surströmmingen som han hade hittat. Då såg han en stor björk mitt på ängen och tänkte att om han kunde skala av näver så kunde han lägga maten på den. Men när han drog av nävern från björken insåg han att det inte var näver utan tunnbröd. Hungrig som han var gjorde han sig en redig surströmningsrulle till lunch och sköljde ned den med brännvin från bäcken innan han la sig för att sova en stund i skuggan av björken.

När Gulleson vaknar är han omringad av stora blonda halvnakna kvinnor som ser ut som krigare. De har stora tatueringar av bläckfiskar som slingrar sig kring deras ben och i händerna håller de vapen som spjut, svärd och yxor. Några av kvinnorna har dessutom stora pucklar på ryggen. Gulleson får veta att det är en stam som kallas Enamelerna och som bara består av kvinnor. De bär sina ofödda döttrar på ryggen i en stor hudpuckel, om det inte är tvillingar för då har de två pucklar på ryggen. När barnet är moget ramlar puckeln av och ur skalet kläcks sedan en ny individ som kryper ut ur puckeln. De nyfödda liknar vuxna kvinnor, men de är mycket mindre. Några män finns inte i landet och män är inte tillåtna att vistas i deras land så Enamelerna ber Gulleson att fortsätta sin resa i en annan riktning.

Senare på kvällen kommer Gulleson till en märklig skog. Grenarna är ihåliga och när vinden blåser i dem fungerar de som flöjter. Stammarna är som trummor och när grenarna slår mot dem hörs ett taktfast ljud. Mellan träden växer lava som snurrat sig till strängar där grenarna gnider sig som fiolstråkar och skapar musik. Skogen fylls av en sällsam förtrollande polska som lockar och pockar och som gör att man vill stanna kvar och aldrig lämna skogen. Vid ett träd ser Gulleson en annan vandrare som sitter nedsjunken och lutad mot en trädstam. Det har redan börjat växa mossa och svamp på honom. Hade inte Gullesons haft vettet i behåll och kramat sönder potatisen som han hade sparat i fickorna till kvällsmåltiden, och tryckt in potatismosen i öronen, så hade

136

han kanske aldrig kommit ur den spelande skogen för så stark var dess magiska musik.

Dagen därpå kommer Gulleson till en tjärn. När han passerar stranden hör han någon viska vid strandkanten. När han tittar ner i tjärnen ser han huvudet på en stor groda titta upp ovanför vattenytan. Grodan berättar att på tjärnens botten ligger Grodstaden med sina skimrande gröna hus. Gulleson blir nyfiken och vill bra gärna besöka Grodstaden men inser att han inte kan hålla andan speciellt länge. Grodan pekar då på en växt som växer i strandkanten och förklarar att om Gulleson tuggar bladen noga, så kan han sedan med munnen blåsa upp en stor rosaskimrande ballong som han kan trä över huvudet och andas i den under vattnet. Efter att ha blåst upp den rosa dykarhjälmen stiger Gulleson ned till tjärnens botten tillsammans med Grodan. De vandrar omkring i den gröna skimrande staden där grodorna rider på stora öringar och kräftor vandrar omkring på stora fält med sjögräs som de skördar med sina klor. Tyvärr hinner Gulleson inte med att besöka Grodkungen då syret börjar tar slut i hans hjälm och han måste återvända upp till ytan.

På kvällen kommer Gulleson fram till en annan märklig skog. På en skylt står det Skogstjyvkyrkogården. Det visar sig att skogen är en avrättningsplats där mördare och andra grova brottslingar blivit hängda i träden. Sedan har man skurit ut deras porträtt i barken. När Gulleson passerar träden vaknar porträtten till liv och de börjar berätta om sina fasansfulla blott och ber om förlåtelse och barmhärtighet för sina gärningar. Längst inne i skogen står en mycket gammal ek och från grenarna hänger det glasflaskor. Av ett porträtt av en mördare får Gulleson veta att det är häxflaskor och i varje flaska finns det en häxa som blivit inspärrad för sina brott. När 1000-år har gått ska dock eken skälva till och flaskorna falla från grenarna som höstlöv och krossas mot marken och alla häxorna ska släppas fria.

Ja, det är några av berättelserna som jag minns, men det finns många andra lika besynnerliga och fantasifulla. Sedan ska det väl tilläggas att dagböckerna innehåller en hel del medicinska iakttagelser om sjukdomar och hälsotillståndet hos människorna som Gulleson möter. Det kan vara av ett visst medicinskt historiskt intresse, men det är de fantasifulla berättelserna som gör dagböckerna läsvärda. Din far skriver i förordet att han upptäckte ett mönster i dagböckerna under arbetet. Att det verkade som om det främst var på helgerna som Gullesons upplevde de märkliga sakerna. Under veckodagarna innehåller dagböckerna anteckningar om åkommor, hygien, kost och barnafödande på en knastertorr kansliprosa, men på fredagkvällen börjar texten att ändras och blir mer skönlitterär och flödande och dra mot det fantasifulla och fantastiska. De fantastiska berättelserna når sin kulmen under lördagskvällen medan söndagarna bara innehåller korta noteringar eller saknar helt anteckningar. Sedan får man väl dra sina egna slutsatser om orsaken till detta.

-Det verkar som intressant läsning. Jag ska definitivt försöka leta upp ett exemplar. Men nu börjar det väl bli dags för eftermiddagskaffe?
-Ja, det låter gott efter allt resande svarade Nikko och småskrattade.

Ett kopierat ark papper

Janne Stålberg arbetade som vaktmästare på Ådalsskolan i Kramfors och skulle just släcka och låsa för helgen då han såg pappret i sitt postfack. Han tvekade ett tag, skulle han bara strunta i det och ta helg? Men plikttrogen som han var gick han dit och tog ut pappret. På pappret satt en post-it lapp med texten: "25 ex till måndag. Folke Luger". Janne suckade. Folke arbetade som svensklärare på skolan och hade ovanan att i sista stund lägga papper eller kompendium som skulle kopieras upp till nästa dag i Jannes postfack. Janne funderade en stund på att strunta i det hela, han kunde ju lika gärna ha missat att se pappret innan han tog helg, eller hur? Men då fick han å andra sidan ta itu med det tidigt på måndagsmorgonen och då skulle han även hinna kopiera upp en massa tyska- och franskaprov och ett kompendium om stormaktstiden innan den första lektionen började. Han såg på pappret, det var bara ett enda papper, men en kort text med rubriken "Ett halvt ark papper". Ja, det var verkligen bara ett halvt ark papper med text konstaterade Janne. Det går snabbt att fixa tänkte han och slängde ner pappret i kopiatorns toppmatare, tryckte in 20 exemplar på displayen och så startknappen. Sedan tog han sin träningsbag, släckte lyset, låste dörren och begav sig mot gymmet. Kopiorna kunde han ju plocka upp direkt på måndagsmorgonen och lägga i Lugers postfack innan han dök upp tänkte han.

Bakom den stängda dörren sög kopiatorn in pappret från toppmataren och transporterade det längs valsarna till det inre mörkret där texten skulle kopieras. Kopiatorn var gammal och skulle väl ha bytts ut för flera år sedan, men neddragningar hade lett till att den fått stå kvar. Eftersom serviceavtalet hade löpt ut för flera år sedan så var den i ganska bedrövligt skick. Kuggar, valsar och andra komponenter började bli riktigt slitna.

Det var inte ovanligt att pappret fastnade i maskinen, eller drog sig i sidled och texten blev otydlig. Vad som var orsaken till vad som inträffade är svårt att säga, men något mekaniskt fel måste det ha varit, för att i stället för att spotta ut en kopia av originalet, åkte originalet tillbaka in i maskineriet och texten kopierade igen ovanpå den gamla. Proceduren återupprepades och man skulle kunna tro att efter 20 kopior skulle maskineriet stanna av sig själv, men då ingen kopia matades ut rörde sig inte heller räkneverket så originalet med rubriken "Ett halvt ark papper" hamnade i en evighetsloop.

Kopiatorn jobbade på timme efter timme och blev varmare och varmare. Originalet fylldes med lager efter lager med text. Valsarna blev hetare och hetare tills de runt midnatt började lösas upp. Det översta lagret som genom åren hade matat fram texter, prov, kompendium, betyg och tusentals andra skrifter började överföras till pappret. Det var som om något organiskt, evolutionärt inträffade inne i den mörka varma maskinen. Varje gång texten kopierades, förändrades den och utvecklades. Skulle någon ha tittat in i maskinens innersta skulle han ha sett hur tonerbläcket flöt omkring på pappret, hur det pågick en process där nya bokstäver, ord och meningar bildades. Det var som om texten hade fått ett eget liv och tusentals berättelser växlade och växte fram i ett allt snabbare tempo på papperet. Dikter, prosa, dramatik, essäer, skrönor, historier formades och försvann lika snabbt som de dök upp. Timme efter timme arbetade kopiatorn monotont och enträget vidare i det mörka postrummet. Den blev allt hetare och hetare och pappret rörde sig allt trögare inne i maskinen när lager efter lager med tonerbläck smetades ut över det. Någon gång under söndagskvällen började hela det inre maskineriet att lösas upp av värmen och det tröga bläcket flöt ut med sina slingrande skrifter längs kopiatorns olika delar.

Skulle man öppna en av luckorna på fronten och titta in skulle man se något som påminde om långsamt pulserande glödande bläckhjärta med artärer och vener som slingrade sig längs valsar, kugghjul och mekanik, ett blodomlopp, eller rättar sagt ett bläckomlopp, som transporterade ord och meningar i ett pulserande kretslopp.

När Janne tidigt på måndagsmorgonen öppnade dörren till postrummet och tände lysrören tappade han sin träningsväska av förvåning. Han blev häpen stående och stirrade på kopiatorn. Den rök och strålade av värme och det verkade som om den höll på att smälta ihop till en oformlig klump. Janne insåg förskräckt att den kunde börja brinna vilken sekund som helst, så han tog ett snabbt kliv mot stickkontakten och drog ut den. Kopiatorn tystnade och sjönk långsamt ihop med en djup suck. I ett döende sista andetag spottade den ut ett papper som seglade uppåt av den varma vinden mot taket innan det vände och långsamt gled ned genom rummet och hamnade framför Jannes fötter. Förvånat sträckte sig Janne ned och tog upp pappret som var så varmt att det brände på fingrarna. Han vände på pappret och såg att det fanns en text på framsidan. Han hann läsa den första raden: "Jag kopierar, jag kopierar! Jag tycker att jag har upplevt allt detta förr. Jag tycker att jag stått någon annanstans och sagt dessa ord förr!" Innan en tung hand landade på hans axel. Han vände sig förvånat om och där stod Folke Luger och pekade på kopiatorn som låg hopsmält till en klump på golvet. Folke såg Janne stint in i ögonen innan han misstänksamt frågade: "Jag hoppas du hann kopiera upp min text innan den kollapsade, eller?"

Sjustjärnespelet – ett bygdespel

Alla bygder med självaktning har ett bygdespel, så även Kramfors, men det mest besynnerliga och märkvärdiga spelet från trakten har dock varit försvunnet sedan lång tid tillbaka. Jag pratar om "Sjustjärnespelet" som skrevs 1933 av Gustav Broman och sattes upp sommaren samma år. Spelet bygger på en gammal legend kring Lomtjärna och är i sin experimentella stil långt före sin tid. Originalmanuset har länge varit försvunnet och man antar att det förstördes i samband med branden på Gudmundrå hembygdsgård i slutet av augusti 1939. En händelse som hamnade i skuggan av den stora katastrofen vid Sandöbron, som i sin tur hamnade i skuggan av andra världskrigets utbrott.

Men innan den ödesdigra branden överfördes det handskrivna manuset till en 7 meter lång bonad, bestående av en triptyk (en del för varje akt) med sirlig brodyr med tillhörande illustrationer av Eivor Viklund. Det blev ett riktigt praktverk som ställdes ut i Stockholm hos Föreningen Handarbetets Vänner. Bonaden köptes sedan av en rumänsk grevinna på genomresa och har sedan dess varit försvunnen.

Eivor Viklund fastnade redan som barn för trådens magi. Hon lärde sig broderiets ädla konst av sin farmor och visade snart stor färdighet i hantverket. Till jul brukade hon brodera korsstygnsbonader till släkt och vänner med välkända talesätt som "Egen härd är guld värd" eller "Borta bra, men hemma bäst". I tonåren började hon som de flesta i den åldern att grubbla över livets mening och nedteckna sina tankar i en dagbok, men det var inte frågan om någon vanlig dagbok som man skriver med penna på papper. Nej, Eivor använde istället korsstygn för att skriva ner sina funderingar med prydliga bokstäver på tyget. Efter ett tag övergick de broderade korsstygnen till en mer sirlig handstil med hjälp av stjälkstygn. Under åren utvecklades Eivors skrivstil allt mer när hon broderade ut texten med olika stygn som langettsöm, kedjesöm, franska knutar och mille fleur. Texten blommade också ut i olika färger med mönster, anfanger och bilder längs sidorna och påminde snart om broderade medeltida illuminerade handskrifter. Förutom sina konstfyllda dagböcker och det mångåriga samarbetet med Torpar-Nils (Nils Nordlander) där hon broderade bonader med några av hans mest kända talspråk ur serien "Lifvens ord" så är Eivor mest känd för sitt magnum opus "Sjustjärnespelet" som alltså länge varit förlorat för omvärlden.

Jag blev därför riktigt överraskad när jag för några veckor sedan på min födelsedag mottog ett expresspaket från min kära väninna Lisa Toryhab i Rumänien. I paket låg den försvunna bonaden med Eivor Viklunds version av "Sjustjärnespelet". I det medföljande brevet önskade Lisa mig grattis på födelsedagen och skrev att hon hade hittat bonaden när hon gick igenom en gammal kista med saker från en släkting som nyligen hade gått bort. När hon läste namnet Broman på bonaden tänkte hon att det kanske kunde vara en släkting till mig och det kunde vara en annorlunda födelsedagspresent att ge bort. Bonaden visade sig dock vara i så dåligt skick att hon först blev tvungen att låta en textilkonservator reparera den. Vad hon förstod av konservatorn saknades också en del, den sista akten i triptyken. Lisa skriver att hon förgäves letade igenom sin släktings ägodelar efter den sista delen, men utan resultat.

Trots att sista akten saknas är det med största glädje som jag här under återger en avskrift av det återfunna bygdespelet "Sjustjärnespelet" av Gustav Broman för publiken igen.

Sjustjärnespelet av Gustav Broman

Första akten

Scen: *Ett enkel podium av trä är byggt vid stranden av en skogstjärn. I bakgrunden syns den täta granskogen som en kuliss. På enkla träbänkar framför scenen sitter publiken. Till vänster om scenen står skådespelarna och väntar: Det förälskade paret Maria och Mats. Anton (Marias far), Märta (Mats mor), Tok-Olle (byfånen) och Bokman (träpatron).*

Regissören går snabbt fram mot skådespelarna. Snubblar på ett gevär som ligger i gräset.

-Aj, va fan! *Tar upp geväret.* Vems gevär är det här?

Mats: Det är Tjechovs.

Regissören: Det ska väl ändå inte användas i handlingen?

Mats: Nej, han har bara glömt det. Sen han var här och byggde scenen. Ifall supbjörnen skulle dyka upp.

Regissören: Supbjörnen? Var är det för amsagor och skrock? Ställ undan geväret så ingen kommer till skada. Samlas sedan här runt mig.

Mats ställer undan geväret så det är fullt synligt för publiken. Skådespelarna samlas runt regissören.

Regissören: Då var det dags efter alla repetitioner. Nu är det allvar, men ni kommer att klara det. Det vet jag.

Maria: Vad många som kommit för att titta. Både mamma och pappa och min gamla gymnasielärare är här.

Mats: Jag tyckte att jag såg Arne Skog från tidningen också? Undra om han ska skriva något om det hela?

Maria: Säg inte så. Jag blir så nervös att jag nästan kissar på mig.

Märta: Lugna ner sig flicka lilla. Det kommer att gå bra ska du se.

Regissören: Nu är det dags att gå in på scenen och lycka till!

Bokman: Nej för fan så får man inte säga på teatern det betyder otur, säg bryt ett ben istället...

Regissören: Bryt ett ben!

Tok-Olle går upp på scenen. Ser sig lite nervöst omkring och börjar lite trevande att säga sina repliker.

-Gokväll kära publik. Välkommen till detta bygdespel som jag hoppas ska roa och underhålla.... men vänta, nu hör jag något. Det är Maria och Mats ett ungt förälskat par som träffats i skogen.

Mats och Maria kommer in på scenen.

Maria: Det är så hemskt far vill gifta bort mig den gamla gubben Bokman.

Mats: Maria jag älskar dig. Rym med mig istället. Jag tänker åker över till Amerika och söka mig lyckan där. Jag har hört att man kan tjäna mycket pengar som skogshuggare. Jag är ju ung och stark och van att arbeta i skogen. Följ med mig Maria, bli min fru.

Maria: Hur ska du ha råd att gifta dig med mig din fattiglapp? Det skulle far aldrig gå med på.

Mats: Se på den här guldringen som jag hittade i ett skatbo uppe vid tjärnen. Jag såg något som gnistrade och blänkte uppe i träden. Det var som om ödet kallade på mig att klättra upp i granen. Och där låg ringen bland skatäggen, en guldring med sju svarta stenar som blänkte i solen. Stenarna blänker som plejaderna på natthimlen. Jag önskar att jag kunde plocka de sju stjärnorna och binda en gnistrande stjärnkrans för att smycka din panna med.

Maria: Men vad du pratar för stollerier Mats. Men vilken fin ring. Kan jag få prova den?

Mats. Naturligtvis. Den ska vara din för evigt. *Mats trär guldringen på Marias finger.*

Maria: Jag känner mig plötsligt yr. Kan det vara något jag ätit? *Maria stelnar till och blickar tomt ut mot tjärnen som en* *sömngångare. Hon sträcker upp sina händer mot himlen och börjar mässa på ett okänt språk. "Ta dez un des, um kom ga le fa!" Det börjar hastigt blåsa upp och mörkna på himlen. Det drar ihop sig till ett åskväder. Ett mörker sänker sig över scenen. Det blixtrar och dundrar. Vattenytan kokar upprört och granarna kastar sig oroligt fram och tillbaka. Mellan de kraftiga blixtarna skymtar publiken otydliga konturer av ett stort monster som reser sig ur den upprörda tjärnen. Ett märkligt ljusfenomen syns i skogen som om en ljusportal öppnas och ljus i olika färger rusar runt i skogarna. Regnet öser ner över scenen. Ovädret är över lika snabbt som det kommer och solen lyser åter över scenen.*

Regissören kommer dyblöt in på scenen.

-Vilket oväder mina vänner. Vädrets makter kan vi tyvärr inte rå på. Ha lite tålamod kära publik. Vi behöver några minuter för att ställa allt i ordning igen och sopa bort vattnet på scenen så ingen halkar och bryter benet.

De övriga skådespelarna kommer in på scenen. De har paraply i handen, tidning över huvudet, torkar sig i ansiktet och håret med en handduk, försöker bli torra. De börjar sopar undan vattnet på scengolvet. Plockar upp kvistar som blåst in på scenen. Ställer i ordning dekoren som rasat etc.

Regissören: Så där nu verkar allt vara iordningställt. Låt spelet börja igen.

Mats och Maria kommer in på scenen.

Mats: Vad säger du Maria? Vill du gifta dig med mig?

Maria: Jag vet inte. Det är en fasligt grann ring, men Amerika låter så långt borta.

Anton (Marias far) kommer in på scenen.

Anton: Där är du ju flicka! Vad har du hållit hus? Jag har letat efter dig i hela byn. Bokman väntar på oss. Lysningen är ju snart. Det går inte för sig att ränna omkring ensam i skogen med skogshuggarsluskar när man ska gifta sig med Bokman. Kom med här!

Fadern tar hårt tag i Marias arm och drar henne bort från scenen.

Maria: Men far jag vill inte! Mats jag älskar dig!

Mats: Maria min älskade! *Mats står förkrossade kvar en stund på scenen innan han går ut i kulissen.*

Andra akten

Scen*: Lysningen hos Bokmans. Bokman och Anton står med var sin sup i handen på gräsmattan framför Bokmans herrgård. Maria står bredvid. Vid sidan Mats och hans mor Märta.*

Anton höjer sitt glas: – Skål för de trolovade. Det är med stor glädje jag skänker min dotters hand till träbaron Bokman. Han har dessutom lovat att lämna ett bidrag till mitt snusdosemuseum som jag länge planerat att skapa.

Bokman: Det stämmer en slant ska jag bidra med till ert museum.

Mats: Den girigbuken kommer inte ge ett öre! Sanna mina ord.

Märta: Vad inte sån Mats. Vad ska du med den jäntan till förresten? Du vet väl att mor hennes var galen och tog livet av sig. Sån galenskap går i arv. Era barn skulle bli lika galna som Tok-Olle. Det vill du väl inte. Det finns många andra flickor som du kan välja på.

Mats: Men mor det är Maria jag älskar.

Märta: Äsch kärlek, vad är det för dravel. Din far och jag gifte oss inte av kärlek utan för det var praktiskt. Hans familj hade som du vet en ståtlig tjur och vår hade en fin ko, och genom giftermålet kunde båda utöka sitt kreaturbestånd med kalvar. Alla vann på det äktenskapet.

Tok-Olle: *Kommer in från kulissen och går som en zombie över scenen och deklamerar:*

Att sova, sova! Kanske också drömma?

Se, däri ligger knuten! — Ty i döden —
Vad drömmar i den sömnen månde komma,
När stoftets tunga skrud vi kastat av,
Det tål att tänka på. Den tanken skapar
Vårt hela långa levernes elände;

Märta: Se, så där kommer era barn att bli om du gifter dig med Maria. Heltokiga som larmar och gör sig till. Vandrande zombier som rabblar på obegripliga tungomål. Nej, du klarar det bättre utan henne.

Mats: Men mor vi ska resa till Amerika tillsammans.

Märta: Amerika! Vad är det för dumheter! Vad finns det i Amerika? Bara brott, elände och ogudaktiga människor. Vad är det för fel på Kramfors? Bättre plats finns väl inte på jorden. Med älven, skogarna, bergen, tjärnarna och surströmmingen. Surströmming finns väl inte i Amerika!

Mats: Det tror jag inte mor.

Märta: Nä, där ser du. Bättre att du stannar hemma här med mamsen och papsen.

Tok-Olle: *Kommer tillbaka över scenen gående som en zombie och säger:*
Så gjorde han som den, som, van att ljuga,
Förvandlar till en syndare sitt minne
Och tror sin egen lögn; han trodde sjelf
Att han var hertigen, för det han öfvat
Den yttre skepnaden af kunglighet
För mig i all dess vidd. Nu började
Hans ärelystnad växa – hör du på?

Bokman: Där går den där galningen igen och säger en massa obehagliga sanningar. Hade han inte varit tokig skulle jag låta spärra in honom

Anton: Vill träpatron ha en snus? *Anton plockar fram en snusdosa ur västfickan.* Se Bokman vilken fin dosa jag har. Det är ett 1700-tals verk av mässing med ett citat på locket där det står:

I stylen var han älskare
utaf det tydliga och lätta;
"ty," sade han — och det med rätta —,
"ju simplare, ju enklare."

Bokman: Strunt är strunt och snus är snus, om ock i gyllne dosor. Nån snus vill jag inte ha. Snus är för patrask och bönder. Jag tar mig en fet cigarr istället.

Anton: Gillar patron inte snus? Men ni stöder väl fortfarande mitt museum för snusdosor ekonomiskt?

Bokman: Ett litet bidrag har jag lovat så snart Maria är min fru. På tal om det så tänkte jag ta med mig Maria på en promenad i skogen för att visa mina stora ägor. Det finns en riktig praktfura som jag tror hon skulle bli imponerad av. Ni misstycker inte hoppas jag?

Anton: Inte alls patron. Det går bra.

Maria: Men far jag vill inte! Lämna mig inte ensam med Bokman!

Anton: Det är ingen fara Maria. Bokman är en gentleman. Du kan tryggt följa med honom.

Bokman tar Maria i handen och dra med henne ut i kulisserna.

Mats: Bokman tar med henne ut i skogen. Jag måste följa efter och se vad som händer. *Mats följer efter ut i kulissen.*

Märta och Anton står kvar på scenen. Anton upptäcker Märta.

Anton: Nämen se Märta, att du kom idag. Det var roligt att du kunde komma med tanke på det sorgliga som inträffade. Jag beklagar din mans plötsliga död.

Märta: Desamma. Jag beklagar er hustrus allt för tidiga död.

Anton: Ja, då står vi här gamlingar ensamma i livet medan ungdomarna roar sig.

Märta: Så har ödets lott fallit. Säg mig, det är inte så att ni äger en tjur?

Tredje akten

Den sista akten saknas som sagt, men det finns ju några som såg bygdespelet när det ur-uppfördes sommaren 1933 och som har försökt att återberätta handlingen för andra. Ska man försöka sammanfatta handlingen från hörsägen så möter vi i början av tredje akten Mats som vandrar ensam och nedstämd i skogen och funderar på att dränka sig i tjärnen av olycklig kärlek. Plötsligt kommer Maria springande med sönderrivna kläder och berättar att Bokman har försökt ta sig friheter med henne. Strax dyker Bokman upp och det uppstår en ordväxling och ett handgemäng mellan Mats och Bokman. Bokman slår ner Mats och dra med sig Maria vidare till tjärnen. Mats hinner dock upp Bokman, men blir nedslagen igen. Bokman lyfter en stor sten för att slå ihjäl Mats, men då kommer supbjörnen in på scenen och kastar sig över Bokman. Bokman kämpar desperat för sitt liv medan alla skådespelarna står handfallna och ser på. Som tur har Tok- Olle sinnesnärvaron i behåll och tar geväret som stått i kulissen och skjuter björnen. Regissören kommer inspringande på scenen och halkar på en våt fläck och bryter benet. Skådespelet avbryts och de chockade och omtumlande skådespelarna ställer sig längst fram på scenen och bockar för publiken. Samtidigt hörs Tok-Olles slutreplik riktad till regissören: -Se, geväret kom visst till användning ändå.

Arne Skog skrev i sin recension i Nya Norrland att det var det mest obegripliga och märkliga bygdespel han någonsin hade skådat. Den största och mest omskakande upplevelsen för publiken torde ändå inte har varit det usla skådespeleriet eller det sinnessjukt absurda manuset, utan när verkligheten överträffar dikten från att ett häftigt åskväder avbröt föreställningen till att en rasande supbjörn kastade sig in på scenen och höll på att bita ihjäl en av skådespelarna i ensemblen.

Den brinnande sparken

Hilbert och Nikko satt framför brasan i salongen med varsin kopp varm glögg och några pepparkakor. Ute snöade det ymnigt och det var bara några dagar kvar till julafton. Nikko harklade sig och sa:

-Jag kommer ihåg att jag för många år sedan läste en notis i tidningen Nya Norrland om Fru Lundström som på självaste julaftonskvällen hade sett djävulen i egen hög person komma åkande på en spark nedför Icktjärnsvägen. Hon hade varit på väg hemåt från en väninna när den onde med bokfot och horn kommit susande förbi henne på en sparkstötting. Sparken och hin håle stod i ljusan låga och elden slickade mörkret och lämnade efter sig en fruktansvärd lukt av bränt kött från helvetets avgrunder. Fru Lundström kunde chockad följa den fasansfulla synen nedför backen innan den brinnande sparken försvann spårlöst in i skogens mörker.

Det var många med mig som undrade vad hon egentligen hade sett. För Fru Lundström var ett redigt fruntimmer, religiös och inte en droppe sprit rörde hon. Hon hade varit frivillig i andra världskriget som sjuksköterska och hade sett det mesta och det skulle mycket till innan hon blev skrämd, men skrämd till vettet hade hon blivit den kvällen.

Det var först flera år senare som när jag kom i samtal med Erik Nyman som hade varit ute och jagat som jag fick reda på hur det förhöll sig. Erik Nyman minns hur han en julafton för flera år sedan varit uppe i Icktjärnsskogarna och jagat och fällt en präktig råbock som han lagt över sparken för att ta med hem. Det var en kylig kväll så han hade stannat på krönet av backen för att ta sig en sup för att värma sig innan den snabba nedfärden började. Men stel om fingrarna som han var tappade han greppet om flaskan så den föll på råbocken och spriten rann ut i pälsen. Irriterad över att brännvinet runnit ut hade han plockat fram sin gamla pipa och stoppat den för att ta sig en rök och lugna sig. Han tände pipan och tog ett ett lugnande bloss, men glömde släcka tändstickan så den brände honom på fingret så illa att han tappa den brinnande tändstickan rakt ner i råbockens päls där den genast började pyra och antända spriten. Till råga på allt började sparken glida över krönet på backen och plötsligt såg Nyman hur sparken stack iväg ensam nedför den branta backen och hur lågor slog upp från råbocken. När sparken väl hade nått Fru Lundström stod den i fulla lågor och den brinnande råboken som stod lutad över stöttingen med horn och klövar kunde mycket väl i den mörka vinternatten tas för självaste djävulen som var ute på en sparktur. Han vågade inte berätta för något om det inträffade, eftersom det inte var jaktsäsong för råbock och han ville inte hamna i knipa, men nu var nog brottet preskriberat så nu kunde han lätta sitt hjärta för mig.

-Ja, det var en dråplig julskröna skrockade Hilbert. Stackars Fru Lundström. Den fick mig att minnas ett pojkstreck som min far berättade för mig när jag var liten, som också involverade Erik Nyman. Det fanns ju ett backhopptorn i Öd för länge sedan. Det här var också kring jultid och Erik Nyman och några av hans vänner hade en kväll klättrat upp i hopptornet. Där uppe fick de för sig att de skulle rulla ner en snöboll längs rampen. Det var inte så mycket snö på rampen men det var en fin kramsnö så när snöbollen började rulla så blev den större och större. När snöbollen kom till uthoppet så var den stor som ett bowlingklot och den flög av farten högt upp i luften. Det hade varit blidväder men nu kom en kallfront in från norr och tog tag i snöbollen och kylde ned den riktigt snabbt så den blev som ett isklot innan den landade. Eftersom den var så hård så studsade klotet när det landade istället för att gå sönder och rullade sedan med full fart vidare nedför backen. Nu var det så olyckligt att frikyrkopastor Fredriksson och några tanter från syjuntan hade varit ute i skogen och huggit en julgran och var nu på väg hem när klotet med full kraft rullade i dem och de föll som käglor i snön. När de låg där och sprattlade hörde de från hopptornet "Strike!". Man kan väl säga att Erik Nyman fick sina fiskar varma när hans föräldrar fick höra om det inträffade.

Nu var det Nikko tur att skrocka över den dråpliga historien.
-Ja, den där Erik Nyman har mycket på sitt samvete. Men innerst inne är han en god människa. Men han har en tendens att alltid råka i någon knipa. Det var en god glögg det här förresten. Är det Bromans special du bjuder på?
-Ja, naturligtvis. Vi har ju ett hemligt glöggrecept som gått i arv i släkten och som vi brukar göra varje år.
-Jag tar gärna några droppar till om det finns, sa Nikko och höll upp den tomma koppen.
-Vänta så ska jag hämta. Hilbert reste sig och gick ut i köket efter mer glögg.

Gruvabborren

Hilbert hade under dagen varit i Stockholm för att träffa sin advokat och att skriva på några viktiga papper. På vägen hem passade han på att slinka in på antikvariat Boksvängen i Gamla stan och hälsa på sin kusin Stefan som drev antikvariatet vidare efter sin far. När Hilbert kom ut från antikvariatet hade han fått med sig en bunt intressanta böcker som Stefan rekommenderat. Bland annat Walter Hülphers "Ockulta noveller", Ragnar Åslunds "Svenska bordeller" och Hans Lidners "Napp i natten". Den senare en samling historier med ångermanländska fiskeminnen som Hilbert planerade att läsa på tåget hem. När tåget nådde Gävletrakten hade Hilbert hunnit fram till historien om "Gruvabborren".

Gruvabborren

Det var en bekant som tipsade mig om det gamla gruvhålet. Det skulle ligga i närheten av Näsbodarna och var resultatet av ett fruktlöst försök till gruvdrift efter koppar i mitten av 1600-talet. Bakom projektet låg bergmästaren Hans Holsten, men efter ett års arbete gav han upp projektet. Halten av koppar var alldeles för liten i malmen för att det skulle löna sig. Kvar blev ett stort hål mitt i skogen. Med åren fylldes gruvgångarna igen av regn- och grundvatten och växtligheten slog en tät ring runt hålet.

Det var någon gång under första världskriget som hålet återupptäcktes för första gången. Den som upptäckte det beslöt sig av någon anledning att plantera in abborre i den konstgjorda bassängen. En anledning kan ha varit att det rådde ransonering och matbrist i landet och en egen fiskodling skulle kunna lindra bristen på färsk fisk. Det var först för några år sedan som min bekant, som ägnar sig åt folklivsforskning, hittade ett dokument om det bortglömda gruvhålet och beslöt sig för att försöka hitta det igen. Efter en del letande kunde han lokalisera det och när han la sig ner på magen och stirrade ner i det djupa, klara vattnet såg han stora fiskar som simmade runt där nere. Några dagar senare återvände han utrustad med ett fiskespö. Det dröjde inte länge innan han fick napp. En fin abborre på två kilo låg och sprattlade bredvid honom i mossan. Fisken var ovanligt mörk på ryggen och ögonen stora. Den påminde om de tusenbröder som växer upp i tjärnar utan större rovfisk och brist på föda, skillnaden var att den här fisken vägde drygt två kilo. Min bekant fortsatte nyfiket att fiska och inom en timme hade han dragit upp tio stycken lika kraftiga bitar, alla abborrarna visade sig ligga runt tvåkilostrecket. En gammal fiskeregel är att man ska inte ta mer fisk än man kan äta upp, så min vän nöjde sig med dagens fångst och begav sig hemåt. Väl hemma rensade han och tillagade en av fiskarna. Det visade sig att köttet var ovanligt mjällt med en saftig och god smak. Sedan dess har han regelbundet återvänt för att fiska gruvabborre som verkar finnas i ett överflöd i gruvhålet.

För några dagar sedan träffade jag min bekant och beklagade mig då över att jag nog hade fiskat igenom alla fiskevatten i Finnmarken och kände att jag behövde nya utmaningar. Kanske skulle jag ta en tur till Jämtland? Det var då min vän berättade om gruvhålet och dess myller av stora abborrar. Jag blev förstås eld och lågor och fick med mig en handritad karta till platsen och några goda råd om bästa betet. Tidigt nästa morgon begav jag mig iväg för att leta efter den märkliga fiskeplatsen.

Det var en fin höstdag. Skogen hade börjat skifta i gult och rött. Det var ganska torrt ute i markerna och sparsamt med mygg. Terrängen var inte allt för svårforcerad och efter en timme var jag framme på platsen, där hålet skulle finnas enligt den karta som jag hade fått, men var fanns gruvhålet? Jag gick i vida cirklar i en halvtimme innan jag till slut beslöt mig för att trycka mig igenom ett tätt buskage som låg mitt i min väg. Efter tio meter blev det plötsligt ljust framför mig och jag fann mig själv ett steg från att ramla rakt ner i avgrunden. Framför mig öppnade sig marken i ett runt hål med cirka tio meters diameter. Det var ett par meter ner till vattenytan. Runt hålet växte sly och enbuskar som en tät mur av grönska vilket gjorde hålet omöjligt att upptäcka för en förbipasserande. När jag studerade kanten närmre såg jag att det några meter bort verkade finnas en liten öppning och tog mig mödosamt dit. Den öppna platsen var nedtrampad och några kvistar brutna så jag gissade att det var här som min bekant brukade sitta och fiska. Jag fällde ut stolen på ryggsäcken och satte mig till rätta medan jag plockade fram mina fiskesaker och satte på en krok och tog fram betet. Min bekant hade tipsat om att bitar av falukorv var det som verkade fungera bäst. Jag snärtade ut linan med flötet och såg hur kroken med falukorven sjönk ner i djupet. Det dröjde inte länge innan det högg till och flötet dök djupt under ytan. Jag gjorde ett kraftigt mottryck och började veva in. Fisken kämpade på och gjorde rejält motstånd. När jag äntligen fick upp den förstod jag min bekants fascination för det här hemliga fiskestället. Abborren var på minst två kilo och en kraftig bjässe med mörk rygg och ryggfena. Jag satt och beundrade den vackra fisken ett tag innan jag agnade om och kastade ut igen.

Under den närmaste timmen drog jag upp åtta lika stora abborrar i tvåkiloklassen. Hade jag varit snabbare med att dra upp dem och agna om, skulle jag kunnat fiska upp många fler, för det verkade finnas hur många huggvilliga fiskar som helst i gruvhålet, men fiska är också att njuta av naturen och en kopp kaffe anser jag. Man ska inte stressa. När jag satt där och sörplade på mitt kaffe undrade jag hur djupt gruvhålet kunde vara? Min nyfikenhet vaknade till liv och jag började fundera om det kunde finnas ännu större fiskar längre ner i hålet? Ibland står de stora fiskarna under dagarna nere i djuphålen där vattnet är svalare. Jag beslöt att göra ett försök innan jag packade ihop och gav mig hemåt. Jag bytte till ett glidflöte och en större krok och satte på en stor korvskiva. Jag snärtade ut flötet så det nästan snuddade andra sidan av bergväggen, eftersom jag hade sett att det längre ner längs bergskanten fanns en mörk skugga. Jag antog att det kunde vara en tunnel som gick in i berget och ville undersöka om det fanns någon fisk som stod och väntade på mitt bete där. Abborrarna måste ju komma någonstans ifrån, förmodligen lever de nere i de gamla gruvgångarna tänkte jag, medan betet med sänket långsamt gled ner i djupet. Det bara fortsatte och fortsatte neråt i det mörka partiet. Jag hade 150 meter lina på rullen och när den började närma sig slutet så jag fick slå i bromsen och började veva upp igen. Det var då det högg till, eller rättare sagt det tog tvärstopp, som om man fastnat i en surstock. Jag funderade en sekund på om kroken kanske fastnat i en stock som använts för att stötta upp tunneln med, men så kände jag att den långsamt gav vika när jag tog i ordentligt. Spöet böjde sig till bristningsgränsen men det gick att veva in. Plötsligt släppte det, så jag nästan ramlade baklänges. Jag började veva upp så fort jag kunde för att se om kroken var kvar.

Jag tyckte att jag långt ner i djupet kunde skymtade en skugga av något stort och avlångt som slingrande följde efter mot ytan och jag blev iskall och kände hur skräcken växte. Tänk om det var den fruktansvärda och legendomspunna avgrundsålen som bodde där nere i djupet? När jag äntligen fick upp linan visade det sig att kroken var kvar, men korven var borta. En bit upp på linan fick jag syn på något som fick mig att blekna av rädsla och rygga tillbaka. Jag packade snabbt ihop mina saker och begav mig omskakad hemåt. Sedan den dagen har jag inte återvänt till gruvhålet och har inga planer på att göra det heller. När jag berättade om min omskakande upplevelse för min bekant och visade upp mitt fruktansvärda fynd kunde han bekräfta vad jag misstänkte. Det var en sugkopp från en bläckfisk som satt fast på linan. Att döma av storleken på sugkoppen måste den ha varit enorm.

Antikvariat Bortglömda gränd

Bland sin fars många efterlämnade böcker hade Hilbert hittat ett tummat exemplar av "Svenska antikvariat – 50 guldkorn för bibliofiler" av Sophia Bokman. Det var en förteckning med korta beskrivningar av antikvariat runt om i Sverige. Här fanns beskrivningar om antikvariatens utbud, lokaler, service, specialiteter och kontaktuppgifter med författarens egna omdömen, kommentarer och ett betyg bestående av en till fem böcker. Hilbert kunde konstatera att guiden var inaktuell på många sätt. Den var utgiven i början av 1980-talet och innehöll något så ålderdomligt som faxnummer till antikvariaten, men guiden påminde honom också om en historisk epok som gått i graven. Den hade getts ut i en tid då varje stad med självaktning hade minst ett antikvariat. De flesta antikvariat i guiden fanns inte längre. De hade lagts ner på grund av för höga hyror, en svikande efterfrågan på gamla böcker eller helt enkelt för att ägaren avyttrat verksamheten på grund av död eller ålderdom. Vilka unga skulle idag vilja driva ett dåligt lönsamt antikvariat? tänkte Hilbert för sig själv.

En del antikvariat hade visserligen överlevt genom att flytta ut sin verksamhet på nätet och visst fanns det fördelar med en digital bokkatalog där det var enkel att sitta hemma och klicka hem sin beställning, om man nu visste vad man letade efter. Men Hilbert kunde ändå inte låta bli att bli nostalgisk när han tänkte på de gånger som han hade följt med sin far på bokjakt i olika antikvariat eller när han själv som vuxen slunkit in i antikvariatens fantastiska bokvärld för att undkomma vardagens jäkt och stress.

För det var inte samma känsla att scrolla genom de digitala katalogerna som att gå in i ett riktigt gammalt antikvariat. Tänk bara på lukten av gamla böcker och damm som slår emot en när man går in genom dörren. Den rumsliga upplevelsen, en nästa klaustrofobisk labyrintisk känsla att vandra längs trånga gångar med bokhyllor överfylld med böcker. De oväntade mötena med andra skygga besökare som botaniserade mellan hyllorna. Den excentriska ägare bakom ett överbelamrat skrivbord, men med järnkoll på varje bok i sin stora samling och som kan ge initierade kunskap och ledtrådar i din jakt efter kunskap, och som känner sina trogna kunders önskemål och passioner utan och innan och kan bevaka dem. Inget kunde heller slå den taktila känslan av att slå upp en bok som var över hundra år gammal. Att känna det sköra, något gulnade pappret mellan fingrarna. Att långsamt bläddra igenom boken och upptäcka fuktfläckar, kaffestänk, exlibris märken, anteckningar i marginalen eller understrykningar. Alla dessa spår av tidigare ägare och platser boken varit på. Det kan vara en dedikation på försättsbladet till ett födelsebarn, en kärleksgåva till en älskad eller ett minne av en examen. Den antikvariska boken bär inte bara på sin handling och intrig utan även en egen berättelse om tidigare ägare och äventyr.

Bland antikvariaten i guiden hittade Hilbert bland annat "Antikvariat Boksvängen" i Gamla stan i Stockholm specialiserad på norrländsk litteratur. Det var ett av de få antikvariaten i förteckningen som fortfarande drevs i fysiska lokaler mitt inne i en stad, men å andra sidan drevs den i princip ideellt då den bromanska släkten, bland annat Hilbert själv, stöttade verksamheten ekonomiskt och det fanns inga krav på lönsamhet eller vinster. "Antikvariat Andra sidan" i Lund med sin beryktade kaotiska källare, var däremot sedan många år stängd. Likaså "Bokkammaren" i Gävle, känd för sin samling med arbetarlitteratur och "Antikvariat Petterson" i Östersund med diktböcker som specialitet. "Det bortglömda böckernas palats" fanns dock kvar, men var i idag helt nätbaserat och hade för några år sedan köpts upp av förlaget "Det fördolda", men hade fortfarande en spännande och unik katalog inriktad mot ockultism, teosofi och alkemi. "Bortglömda gränds antikvariat" i Nyland som var beskrevs som en pärla specialiserad på sällsynta böcker inom geografi, kartograf och upptäcktsresor var det enda antikvariat i guiden som fått toppbetyget sex böcker av fem. Hilbert trodde att han kände till alla antikvariat i Ångermanland, de som hade funnit och de få som fanns kvar, men det här var nytt för honom. En snabb googling på nätet gav inte heller några svar. Någon bortglömda gränd kunde han inte hitta eller någon notering om ett antikvariat ens med ett liknande namn.

Hilbert tog upp mobilen och ringde sin gamla vän Nikko för att höra om han visste något mer. Nikko kunde ge besked och berättade att Bortglömda gränd inte var någon riktig gränd utan vad lokalbefolkningen i Nyland kallade utrymmet mellan två stora trähus som ledde till en liten innergård där det förr fanns en brunn och utedass för husens innevånare. Bortglömda gränd hade också varit namnet på en lönnkrog som fanns inhyst i ett av husens källare och där flera kända författare som Adam Björnrot och Ola Oskar Hansson brukade hålla till på 1800-talet. Där huserade också en visdiktare som kallade sig för Diogeniet, och som alltid var maskerad och som brukade underhålla med satiriska visor om regionens präster och makthavare. Det spekulerades att visdiktaren själv hade haft en hög position i samhället med förfallit eller rent av varit en präst som fått sparken. Något direkt person har man aldrig kunnat peka ut men hans visskatt sammanställdes för många år sedan i bokform av Bastuvisans vänner. Men jag vet också att det fanns ett antikvariat med det namnet på platsen förklarade Nikko. Det var ganska litet och specialiserat på geografiska böcker och gamla kartor. Jag är dock tveksam om det finns kvar. Jag har visserligen inte hört att ägaren Herbert Bokman skulle ha avlidit, men han måste vara i 90-års åldern om han ens är i livet.

Hilbert tackade för informationen och beslöt sig för att nästa dag ta bilen till Nyland och undersöka om han kunde hitta Herbert Bokman på Bortglömda gränd. Nyland är inte så stort och med hjälp av Nikkos vägbeskrivning var det inte så svårt för Hilbert att hitta de två trähusen och träporten mellan dem. Porten visade sig vara olåst så Hilbert traskade in mellan husen och stod snart på innergården. Innergården ramades in av fyra trähus som var byggda i en kvadrat med en kullerstenlagd gård där det växte en stor björk i mitten. Mellan husen kunde man skymta älven i bakgrunden. En rostig skylt ovanför en dörr förkunnade: "Antikvariat" och Hilbert beslöt sig för att knacka på. Efter en lång stund öppnades dörren av en kutryggig gammal man med vänligt ansikte. När Hilbert hade förklarat sitt ärende för den något lomhörda mannen lyste han upp och sa med knarrande röst. -Är det lill Hibbe som kommer på besök? Han har blivit stor och gammal ser jag. Jo, du var här med far din när du var liten. Kommer du ihåg det? Du kunde väl ha vart två år eller nåt sånt. Din far brukade ofta komma på besök för att prata och leta efter gamla böcker. Men är du ute efter böcker så är jag rädd att du kommer för sent. Jag har sålt det mesta och håller som bäst på att packa ihop det sista. Jag insåg att jag höll på att bli gammal och vem vet hur länge man har kvar att leva i min ålder. Inga av mina barn eller barnbarn var intressera av att driva antikvariatet vidare så jag ville göra upp mina affärer innan det var för sent. Så jag har sålt det mesta av samlingen till olika bibliotek, institutioner och privata samlare. Böcker ska vara där de gör störst nytta. Mitt barnbarn Sophia är här och hjälper mig att packa det sista.

En kvinna dök upp från ett av rummen. Hilbert hälsade och undrade om hon möjligen kunde vara Sophia Bokman författaren till boken om "Svenska antikvariat" som fört honom hit? Sophia skrattade och erkände att så var fallet. Guiden var resultatet av en uppsats som hon hade skrivit under sin bibliotekarieutbildning om andrahandsmarknaden för böcker i Sverige. Eftersom det blev mycket information över som inte rymdes i uppsatsen hade hon sammanställt det till en guidebok om svenska antikvariat. Men varför ville hon inte driva sin morfars antikvariat vidare undrade Hilbert förvånat. Hon som verkade så intresserad och kunnig om antikvariat? Det hade varit trevligt, svarade Sophia, men tyvärr hade hon utvecklat en allergi mot gamla böcker. Det var något i det limmet i de gamla böckerna som hon inte tålde, någon allergen som gjorde att hon fick svårt att andas och utslag på huden. Hade det inte varit för hennes morfar verkligen behövde hjälp med att skicka iväg de här sista lådorna ikväll så hade hon inte varit här och packat böcker. Men med ett par handskar, andningsskydd och allergitabletter skulle hon nog lösa det. Men här står vi och pratar i förstukvisten, du vill kanske ha en kopp kaffe? undrade Sophia. Det kunde inte Hilbert neka till att det hade varit trevligt. På vägen in till köket passerade de några trälådor med böcker. Hilbert kunde inte undgå att läsa på fraktsedeln. Där stod en adress som han väl kände till: Professor Nathana Slavontanislosky vid The Institute of Occult Hermeneutics and Phenomenology i Rumänien. Undra vilket böcker som Nathana hade köpt tänkte Hilbert för sig själv, men kom aldrig för sig att fråga då han fick syn på en glasmonter i ett av rummen med ett märkligt objekt. Hilbert gick fram till montern och stirrade häpet på föremålet.

-Ja, den tål att stirras på knarrade Herbert. Det är min ögonsten i samlingen, förutom någon bokhylla med diverse udda böcker kommer jag bara att behålla den där kartan. Det är Imaginarium Geographica Angaria en karta över Ångermanland med fiktiva platser. Kartan är förmodligen gjord i slutet av 1500-talet av en lärjunge till Petrus Plancius, den kända holländska kartografen. Kartan är unik i sitt slag och handkolorerad på ett älgskinn. Om Plancius lärjunge befunnit sig i länet eller om det är ett beställningsjobb efter en förlaga låter jag vara osagt. Det finns tecken på att den bygger på en äldre förlaga, vissa platser har ur-Ångermanländska ändelser, vilket man inte skulle använt på 1500-talet. Här omnämns till exempel Enamelernas land långt innan Olof Gullesons skulle ha hittat på det i sina dagböcker. Det finns också markerat sju portar som ska leda till landet Sjuluru, nästan hundra år innan Hans Hollsten skrev om det i sin reseberättelse. Hilbert tittade på de sju markeringarna på kartan och drog i sitt inre en osynlig linje mellan platserna och det var som han anade vid första anblicken av kartan att punkterna bildade ett mönster som påminde om stjärnbilden Plejaderna.

Han kände att han måste ha den där kartan till varje pris. Det var en viktig pusselbit för att få ihop sin släkts historia och en förklaring till alla de hemligheter och mysterier han hade snubblat över de senaste åren. Han frågade därför lite försiktigt om Herbert inte kunde tänka sig att sälja kartan om priset visade sig rätt? Nähä du, skrockade Herbert. Din far försökte köpa den av mig många gånger, men han fick alltid nej, det spelar ingen roll hur många miljoner eller fantasiljoner du erbjuder mig. Kartan säljer jag aldrig. Om du bara visste vad den har betytt för mig och vilka hemligheter den döljer då skulle du inte våga fråga om jag ville sälja den. Kartan och hemligheterna lär jag ta med mig i graven. Men nu ska vi ha en kopp kaffe och prata om något annat.

Den okända författaren

Yngve Gustavsson hade hyrt ett rum hos fru Malm i Dynäs. Det var ett sparsamt möblerat vindsrum, men det passade Yngve perfekt. Han behövde nämligen lugn och ro över helgen för att kunna skriva klart sin artikel om traditioner kring bastubyggandet i Ångermanland. Artikeln skulle publiceras i Hembygdsgårdens årsbok och deadline var redan på måndag. Fru Malm hade lämnat över nyckeln till rummet och sedan blivit tvungen att åka iväg för att besöka sin syster i Älandsbro som hastigt blivit sjuk. Så Yngve skulle få ha hela huset för sig själv.

Utanför fönstret hade löven redan börjat skifta i färg och mörkret kröp sig närmare på kvällarna. Yngve satt vid skrivbordet och skrev om den Hirvenpääiska bastun som ansågs vara en av de varmaste som fanns i världen. Det var en välbevarad hemlighet hur den var byggd med Yngve visste så pass mycket att den var isolerad med vinterbjörnpäls mellan ytterväggen och innerväggens panel och kaminen gjöts i ett enda stycke och påminde till formen om en droppe. Han försökte också beskriva hur släkten Hirvenpää gick till väga för att hitta rätt ved till bastun. Det var alltid björkved som höggs när temperatur och luftfuktighet var på ett speciellt sätt under hösten och sedan lagrades veden som ett fint årgångsvin för att få fram högsta möjliga energiuttag vid eldningen. Det var när han höll på att skriva om detta som han hörde fotstegen i trappan.

Någon kom gående upp i trappan med tunga steg. Yngve blev förvånad. Vem kunde det vara? Fru Malm hade sagt att han skulle vara ensam i huset under helgen. Stegen stannade på avsatsen utanför dörren och sedan hörde han hur någon satte nyckeln i låset och vred om. Men det var inte hans dörr som

166

öppnades utan dörren mittemot, där det fanns ett likadant vindsrum. Yngve hade fått den uppfattningen att det inte var iordningställt. Men tydligen hade han fel. Någon hyrde rummet bredvid och fru Malm hade förmodligen glömt bort att meddela det i brådskan och oron över sin sjuka syster.

Yngve lyssnade ett tag och funderade på om han skulle gå över och knacka på och presentera sig för den okända hyresgästen, men då det blev tyst i rummet bredvid återgick han istället till sitt skrivande. Efter en stund noterade Yngve ett ljud. Ett melodiskt knattrande. Han lyssnade noga och av de regelbundna långa och korta ljuden förstod han att det var en skrivmaskin han hörde. Kanske hade han fått en författarkollega till granne? Nyfiket steg han upp och smög fram till dörren för att lyssna. Han noterade att skrivmaskinen hade tystnat och blev osäker. Han ville inte störa sin granne genom att knacka på, så han återvände till bordet och hörde hur den okända också gick omkring i sitt rum. När Yngve drog ut sin stol hörde han hur den andres stol skrapade mot golvet och när han satte sig ned för att skriva igen återupptog den andra sitt knattrande på skrivmaskinen. Under dagen noterade Yngve allt mer besvärad att den andre verkade härma och spegla hans rörelser. Gick han omkring i rummet, gick den andra omkring i rummet, la han sig på sängen, hörde han snart hur den andres säng knarrade, råkade han tappa en penna på golvet, så hörde ett liknande ljud från rummet intill.

Den natten gick Yngve och la sig med en olustig känsla. Det var kvavt i luften och det mullrade i fjärran. Under natten drog ett oväder in med kraftig åska och blixtar. Yngve låg spänd i sin säng och kände hur håret på armarna reste sig av den laddade luften och sedan började det att sticka i benen som av nålar. Hela natten kändes det som om någon satt på hans bröst och pinade honom med elektriska stötar som genomfor kroppen som ilningar. Han fick knappt en blund i ögat den natten.

Nästan morgon tog han mod till sig och smög ut och ställde sig och lyssnade vid den andra dörren. Det var knäpptyst, han hörde inte ett ljud inifrån rummet, men plötsligt ryckte han till av ljudet av steg i trappan och vände sig snabbt om. Det var fru Malm som kom gående. Systern hade piggnat till under natten och det värsta var över, så fru Malm hade beslutat sig för att åka hem. Hon blev förvånad att finna Yngve med örat mot dörren och undrade vad som stod på. Yngve förklarade att fru Malms andra hyresgäst hade stört och oroat honom så att han inte kunde få något skrivet eller ens en enda liten blund under natten. Fru Malm såg helt oförstående på Yngve och förklarade att ingen annan bodde här. Rummet stod oanvänt efter den tragiska händelsen för ett år sedan. Vilken händelse undrade Yngve förvånat. Fru Malm berättade att en herr Luthardt, som var på genomresa, hade hyrt rummet några veckor för att han skulle skriva klart en bok, men med tiden blev han allt mer besynnerlig och underlig. En kväll hade fru Malm hört en kraftig duns från vindsrummet och oroligt gått upp för att se vad som hade hänt, bara för att finna den stackars herr Luthardt dinglande från en takbjälke i rummet. Sen dess hade hon inte haft hjärta att hyra ut rummet till någon annan.

Yngve hade lyssnat noga på historien, men ville inte ge sig utan hävdade bestämt att det var någon som hade varit i rummet under natten. Fru Malm skakade på huvudet och muttrade "omöjligt ingen har varit där inne på ett år", men plockade ändå upp en nyckel ur fickan på förklädet och öppnade dörren. Yngve steg in genom dörren och fann rummet tomt med ett tjockt lager damm som täckte golvet och spindelväven hängde tät i taket. Det fanns inga spår av att någon hade varit i rummet på väldigt länge. Framför fönstret stod ett likadant skrivbord som i hans eget vindsrum med en grön skrivmaskin och en bunt papper bredvid. Är det herr Luthardts skrivmaskin och manus som ligger kvar? undrade Yngve. Fru Malm såg frågande på Yngve medan hon steg in i rummet. Nej, någon skrivmaskin hade han inte med sig och någon bok hittade vi aldrig, inte ens en penna eller några anteckningar lämnade han efter sig. Det är väldigt märkligt. Jag har aldrig sett den där skrivmaskinen förut eller pappren för den delen. Jag svär att rummet var tomt när jag låste det för snart ett år sedan förklarade fru Malm förvånat.

Yngve gick fram till skrivbordet och lyfte upp pappren som var täckta av ett tjockt lager med damm. Efter att ha blåst bort dammet kunde han läsa titeln på bokmanuset "Ett glädjande besked". Kan jag låna det här och titta igenom det? Yngve viftade med manuskriptet framför fru Malm. Ta det för guds skull och skrivmaskinen också om du vill. Jag vill inte ha något med det att göra. Kom ut nu så jag får låsa. Jag får en sån olustig känsla av att stå här inne och jag måste börja med lunchen.

Fru Malm låste dörren noga innan hon gick nedför trappan medan Yngve bar in skrivmaskinen och ställde den på sitt eget skrivbord. Yngve såg att skrivmaskinen var av märket Halda och när han satte ned ett papper i maskinen och tryckte på tangenterna så verkade den fungera utan problem trots att den hade stått oanvänd ett tag. Sedan tog Yngve upp manuset. Nu såg han att det på sista sidan fanns ett annat försättsblad med titeln "Ett sorgligt besked". Han noterade också att någon hade ritat en pil med blyerts som pekade mot vänster vid sista punkten av berättelsen. Av en slump så följde Yngve pilens riktning och märkte att om man läste texten baklänges så bildade den riktiga meningar. Han läste texten från början och insåg att det var samma text oavsett om man läste manuset från början eller från slutet. Det verkade som om hela berättelsen var ett palindrom. Han la sig på sängen och började läsa berättelsen från början till slut. Det tog knappt en timme att läsa den och när han var klar förstod han titeln bättre, för det var verkligen ett glädjande besked som levererade i slutet av berättelsen. Sedan läste han berättelsen baklänges och det var samma berättelse till ungefär mitten då den tog en ny oväntad vändning. När Yngve hade läst klart förstod han varför den i sin tur hade fått titeln ett olyckligt besked. Samma historia men med två olika slut, ett lyckligt och ett olyckligt beroende från vilket håll du läste. Han kunde dock inte för sina sinnen förstå vem som skulle ha kunnat skriva en sådan avancerad berättelse som gick att läsa från båda hållen, men med helt olika slut. Var det ens teoretiskt möjligt att göra så? Det måste i alla fall ha krävts en otrolig skicklighet och ett enormt tålamod för att få ihop en sådan märklig palindromberättelse.

Yngve kände sig alldeles för omskakad av nattens och dagens upplevelser för att kunna fortsätta med sin artikel i det lilla vindsrummet, så han lämnade redan under kvällen rummet för att åka hem och vila upp sig. Dagen därpå kände han sig lite mer samlad och lyckades slutföra artikeln om det ångermanländska bastubyggandets traditioner, men länge gick Yngve och funderade på vem herr Luthardt var och om det var han som hade skrivit den märkliga historien.